HISTOIRE

DE

HENRI ARNAUD

PASTEUR ET CHEF MILITAIRE

DES

VAUDOIS DU PIÉMONT

RÉSUMÉ DE L'HISTOIRE VAUDOISE.

PAR

M. TH. MURET.

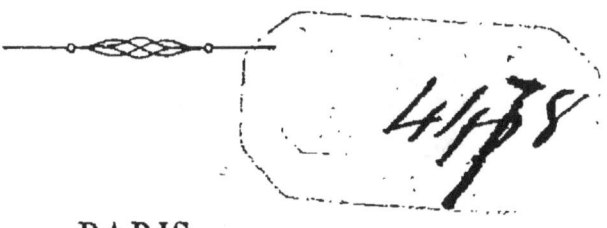

PARIS

LIBRAIRIE DE MARC DUCLOUX, ÉDITEUR

RUE TRONCHET, 2.

1853

Paris. — Imp. de Marc Ducloux et Comp., rue Saint-Benoit, 7.

J'ai consulté plusieurs Biographies, et je n'y ai pas même trouvé le nom d'HENRI ARNAUD. La jeunesse protestante apprend, au collége, les hauts faits des Grecs et des Romains, et elle ne sait rien des merveilleuses annales des Vaudois du Piémont. Un tel oubli doit d'autant plus étonner, que cette histoire, si curieuse et si belle par elle-même, offre un argument bien puissant en faveur de la Réformation, car on y voit la chaîne non interrompue qui unit les Eglises évangéliques et protestantes actuelles au christianisme primitif.

Outre la grande *Histoire des Vaudois,* par Léger, publiée dans la seconde moitié du dix-septième siècle, cet admirable sujet a inspiré, dans ces derniers temps, d'excellents travaux. Il me suffira de citer ceux de MM. les pasteurs Monastier et Muston, à qui je suis heureux de payer ici le tribut que je leur dois. Mais leurs ouvrages, dont la place est marquée dans toutes les bonnes bibliothèques, ne sauraient réaliser les conditions et le but d'un petit livre populaire; et c'est une œuvre de cette nature que j'ai voulu faire, en prenant la vie d'Arnaud pour cadre d'un aperçu de l'histoire vaudoise. En effet, l'immortelle expédition de 1689, dont Arnaud fut le chef, en est la page capitale, et, pour ainsi dire, le point culminant.

Faire connaître aux protestants les annales de leur propre

Eglise, les épreuves et l'héroïsme de leurs pères : redresser, par la puissance des faits, chez les personnes de bonne foi d'une communion différente, les erreurs et les préventions ; telle est la grande et noble tâche à laquelle j'apporte mon humble contingent. Je souhaite que les amis de la vérité historique et religieuse accueillent, dans la pensée qui me l'a suggéré, l'essai que je leur présente, et veuillent bien contribuer à sa propagation. D'autres s'adressent au monde lettré : pour moi, j'ai travaillé en vue de l'école et de l'atelier, de la mansarde et de la chaumière, champ plus modeste, mais qui renferme de fécondes et abondantes moissons.

Si j'obtiens, pour ce petit écrit, le concours que je réclame, mon intention serait d'en publier quelques autres du même genre, un, notamment, dont le sujet offre tous les éléments d'intérêt qui parlent au cœur : il aurait pour titre : *Les Galériens protestants.*

Henri Arnaud, d'après un portrait fait en 1691.

CHAPITRE PREMIER.

Les Vallées vaudoises : leur description, leurs mœurs, leur croyance non interrompue depuis la primitive Eglise. Atroces persécutions exercées contre les Vaudois à partir du treizième siècle. Grande proscription de 1686 : emprisonnement en masse : les débris des Vaudois réfugiés en Suisse et en Allemagne.

Sur le revers oriental des Alpes, entre Pignerol et la frontière du département français des Hautes-Alpes, s'ouvrent trois vallées qui font partie du Piémont, et connues depuis bien des siècles sous le nom de *Vallées vaudoises*. Le mont Genèvre et les sommités voisines ferment ces vallées du côté de la France. Des rameaux de cette grande chaîne, âpres, ardus, sauvages, les séparent l'une de l'autre,

laissant un étroit passage aux torrents qui les arrosent, et
qui vont, mugissants et écumeux, se confondre avec le Cluson, affluent du Pô. La vallée de Luserne, la plus étendue
des trois, est subdivisée, par un rameau secondaire, en deux
parties, Luserne proprement dite et Angrogne : les deux
autres portent les noms de Saint-Martin et de Pérouse. Ce
pays n'a que des bourgades, des villages et des hameaux;
sa plus grande étendue n'est que de sept à huit lieues de
l'ouest à l'est, sur une largeur à peu près égale; mais la
configuration du sol, les détours des chemins et des sentiers, multiplient la distance. Dans la partie inférieure qui
touche à la plaine, la vigne et le mûrier réussissent. Sur
les premiers étages des montagnes, croît en abondance
la châtaigne qui compose, avec la *polenta* de maïs, le
beurre et le laitage, la principale nourriture des habitants;
mais, à mesure que l'on s'élève, on ne trouve que des pâturages, des chalets, et, plus haut encore, des rochers sourcilleux, des cimes inaccessibles, domaine éternel de l'hiver.

Dans ces profonds replis des Alpes, vit un peuple à part
et qui, depuis l'époque des Apôtres, n'a pas cessé de
professer le pur christianisme. Quand, aux troisième et
quatrième siècles après Jésus-Christ, des inventions humaines commencèrent à dénaturer la religion de l'Evangile,
il y eut des pays qui résistèrent à ces innovations. A la fin
du quatrième siècle, le prêtre Vigilance et plusieurs évêques
de la Lombardie les combattaient avec fermeté. Jusqu'au
milieu du huitième siècle, on voit des prélats français continuer cette résistance et repousser le culte des reliques et
des images, les messes pour les morts, le purgatoire, la
domination des papes, etc. Citons surtout Claude, d'abord
chapelain de Louis le Débonnaire et évêque de Turin vers
822. Claude exclut toutes les images des églises, et, pendant les dix-sept ans de son épiscopat, il ne cessa de lutter
contre les doctrines et l'autorité de Rome. Ses énergiques

leçons ne purent être perdues autour de lui, et aidèrent la pureté évangélique à se conserver dans les retraites solitaires, son suprême refuge.

La chronique du monastère de Saint-Trond en Belgique, écrite entre 1108 et 1136 par l'abbé Radulphe ou Rudolphe, renferme un passage qui désigne, selon toute apparence, le peuple des Vallées. Cet abbé rapporte qu'en se rendant à Rome, il eut à traverser, au pied des Alpes, une contrée *souillée d'une hérésie invétérée ;* c'est-à-dire que, de génération en génération, l'on n'y reconnaissait pas l'Eglise romaine.

C'est donc par erreur que l'on veut rattacher l'origine des Vaudois à Pierre, marchand de Lyon, désigné sous le nom de Pierre *Valdo*, à cause, dit-on, du bourg de Vaux où il était né. Le marchand lyonnais professa, au douzième siècle, des doctrines qui se rapprochaient de celles des Vaudois ; mais il ne créa pas ce qui existait bien avant lui. Outre les indices épars çà et là, outre la tradition des Vaudois confirmée par l'inquisiteur Regnerius ou Rainier, qui les fait remonter à *un temps immémorial,* on a d'eux de fort anciens monuments écrits, notamment le poëme de *la Noble Leçon (la Nobla Leyczon)*, espèce de catéchisme moral et religieux qui date de l'an 1100 ou environ. Ces livres sont en langue romane, idiome d'origine latine, qui est toujours, avec le français, la langue en usage dans la population. Quant au nom de *Vaudois* (Valdenses), il viendrait, selon certains auteurs, de la nature du pays (*vaux*, vallées, ou *vallis densa*, vallée boisée). Quelques autres le font dédériver du vieux mot *vaudès* (sorcier), qu'on jetait par injure à ces prétendus hérétiques (1).

(1) Quant à l'ancien *pays de Vaud,* jadis territoire bernois et maintenant l'un des vingt-deux cantons helvétiques, nous ne prétendons rien décider sur l'identité de nom entre les Vaudois

Les fidèles des Eglises de Moravie et de Bohème, ces Hussites poursuivis par la torche et le glaive, étaient les frères en croyance des Vaudois. Ces derniers s'étendaient jusque sur le versant français des Alpes, aux environs de Briançon, dans les vallées de Queyras, de Freissinières, de Barcelonette, où on leur fit également une guerre à mort. Ils poussèrent des colonies dans la Provence, vers Cavaillon, à Cadenet, à Lourmarin, à Mérindol, à Cabrières. Les massacres de Cabrières et de Mérindol, sous François Ier, forment une effroyable page; et pourtant, en ces mêmes lieux, où les égorgeurs ne laissèrent que du sang et des ruines, le culte protestant vit et florit aujourd'hui, pour confondre l'impuissance de ces bourreaux. Des colonies vaudoises s'établirent jusqu'en Calabre, et comptèrent aussi de nombreux martyrs.

Ainsi, les Vaudois du Piémont n'eurent besoin ni de Calvin, ni d'aucun autre réformateur. La Réformation les trouva tels qu'ils avaient toujours été, formant un lien non interrompu entre l'Eglise primitive et l'Eglise évangélique actuelle; preuve vivante que le protestantisme, loin d'être une innovation, fut le simple rétablissement de la foi des premiers temps. N'est-ce pas une admirable merveille que ce petit dépôt conservé de la sorte, intact et sans mélange, au fond de quelques vallées longtemps oubliées du reste du monde; cette humble lampe, au milieu des ténèbres du

de la Suisse et ceux du Piémont. Dans des documents du neuvième siècle, le pays de Vaud est appelé *comitatus Waldensis*, dénomination qui semble venir du mot allemand *Wald* (forêt). En effet, cette contrée était alors couverte de bois. Ce qui est certain, c'est que le patois du canton de Vaud, comme celui de la Savoie et du Valais, qui l'avoisinent, a de très grands rapports avec le dialecte des Vallées piémontaises: c'est le *roumanche*, cette variété du roman particulièrement répandue au pied des Alpes et du Jura.

moyen âge, résistant à toutes les tempêtes; ce faible troupeau traversant les siècles, survivant à toutes les persécutions, pour porter un témoignage permanent à la vérité?

Dans ces époques où tant de crimes, de désordres, de
souillures, se mêlaient à la superstition et à l'ignorance, la
moralité des Vaudois parlait bien haut en faveur de leur
religion. « Tout arbre qui est bon porte de bon fruit, » a
dit le Sauveur.

Cette moralité est attestée même par des voix ennemies.
L'inquisiteur Rainier, que nous avons déjà cité, s'exprime
en ces termes : « On peut reconnaître les *hérétiques* à
leurs mœurs et à leurs discours; car ils sont réglés dans
leurs mœurs et modestes : ils évitent l'orgueil dans leurs
vêtements, qui ne sont d'étoffe ni précieuse ni vile. Ils ne
s'adonnent pas au négoce pour n'être pas exposés au men-
songe, aux jurements et aux fraudes; ils vivent de leurs
travaux comme artisans; leurs docteurs sont même cor-
donniers. Ils n'entassent pas des richesses, mais se con-
tentent du nécessaire. Ils sont chastes, surtout les léo-
nistes..... Ils sont tempérants dans le manger et dans le
boire. Ils ne fréquentent pas les cabarets ni les danses, et
ne s'adonnent pas aux autres vanités, etc. » Un archevêque
de Turin, Claude de Seyssel, qui, vers 1517, s'efforça d'a-
mener les Vaudois à l'Eglise catholique, leur rend cette
justice que, « pour leur vie et pour leurs mœurs, ils ont été
sans reproches parmi les hommes, s'adonnant de tout leur
pouvoir à l'observation des commandements de Dieu. »

Guillaume du Bellay de Langey fut chargé par François Ier
de lui faire un rapport sur ces malheureux Vaudois de la
Provence, dont on allait décréter l'extermination : l'histo-
rien de Thou nous en a conservé la substance. « Il trouva, »
dit-il, « par d'exactes perquisitions, que ceux qu'on appelle
Vaudois étaient des gens qui, depuis environ trois siècles,
avaient reçu de quelques seigneurs des terres en friche à

1*

certaines conditions;... que, par un travail infatigable et une culture continuelle, ils les avaient rendues fertiles en blé et propres à nourrir des troupeaux; qu'ils savaient souffrir avec patience et le travail et la nécessité; qu'ils abhorraient les querelles et les procès; qu'ils étaient doux à l'égard des pauvres; qu'ils payaient avec beaucoup d'exactitude et de fidélité le tribut au roi et les droits à leurs seigneurs; que leurs prières continuelles et l'innocence de leurs mœurs faisaient voir assez qu'ils honoraient Dieu sincèrement. »

Et c'est après ce rapport que fut prononcé l'arrêt sanguinaire !

La discipline ecclésiastique des Vaudois était d'une simplicité toute apostolique. Leurs pasteurs, autrefois appelés *Barbas* ou *Barbes*, mot qui veut dire *oncle*, et qui exprimait une idée d'autorité toute paternelle, ne reconnaissaient, entre eux, d'autre distinction que celle de l'âge et des services. Dans le formulaire de cette discipline, qui est venu jusqu'à nous, il est dit : « Quand quelqu'un de nos pasteurs est tombé dans quelque péché déshonorant, il est rejeté de notre compagnie et l'office de la prédication lui est retiré; » et plus loin : « La nourriture et ce dont nous sommes couverts, nous sont administrés et donnés gratuitement et par aumônes, en suffisance, par le bon peuple que nous enseignons. » Les *barbes* s'adonnaient souvent aussi à la médecine et à la chirurgie, soignant en même temps les âmes et les corps.

Une fois l'an, d'ordinaire en septembre, les *barbes* s'assemblaient en synode pour traiter des affaires du culte. C'est dans ces réunions que les candidats au saint ministère subissaient leur examen, et recevaient la consécration, s'ils en étaient reconnus dignes. Des *anciens*, choisis par le peuple, recueillaient les offrandes et les aumônes, dont le produit était remis au concile général. Cette discipline s'occupait aussi de l'éducation des enfants : « Les enfants doivent être rendus spirituels à Dieu, par le moyen de la discipline et des enseignements. Celui qui enseigne son fils confond l'ennemi (l'esprit du mal), et à la mort du père, on peut presque dire qu'il n'est pas décédé, car il laisse après lui quelqu'un qui lui est semblable. · Enseigne donc ton fils en la crainte du Seigneur et dans la voie des saintes coutumes et de la foi. De plus, as-tu des filles ? garde leur corps, de peur qu'elles ne s'égarent ; car Dina, la fille de Jacob, s'est corrompue pour s'être exposée aux yeux des étrangers. »

Tel était, de toute antiquité, ce peuple simple et laborieux, étranger au luxe et à l'envie, cultivant la terre, menant paître ses troupeaux, cerné, plusieurs mois de l'année, par les glaces et les neiges, et pourtant, préférant ses âpres montagnes aux pays les plus fortunés, ne demandant aux princes de la terre que la liberté pour sa foi.

Cette liberté, le fanatisme jaloux ne devait pas la respecter. Dès l'an 1198, on trouve un décret de persécution rendu par l'empereur Othon IV, contre les Valdenses ou Vaudois du diocèse de Turin, et renouvelé par les bulles papales. Le grand schisme causé dans l'Eglise catholique, en 1378, par la double élection d'Urbain VI à Rome et de Clément VII à Avignon, ne ralentit pas ces fureurs, soit en Piémont, soit en Dauphiné. On vit traîner en foule, à Grenoble, les infortunés habitants de la Vallouise, des vallées de l'Argentière et de Freissinières ; deux cent trente furent brûlés vifs, et, parmi eux, beaucoup de femmes et d'enfants. Cent ans plus tard, ces horreurs furent encore surpassées, s'il est possible. En 1488, une croisade, provoquée par le pape Innocent III, fut permise par Charles VIII, roi de France, et Charles II, duc de Savoie, dans leurs Etats respectifs. Deux corps d'armée, l'un en Piémont, l'autre en France, remontant les vallées dauphinoises, devaient se donner la main pour cette chasse atroce, enfermant les proscrits dans un cercle de fer et de feu. Toute la population de la Vallouise, — trois mille personnes, — fut exterminée. Une grande partie, hommes, femmes, enfants, fuyant le massacre, s'étaient réfugiés, avec des vivres, dans une immense grotte du mont Pelvoux. Des tas de bois, allumés devant l'ouverture, enfumèrent et étouffèrent ces malheureux. Les gens des vallées de Freissinières et de l'Argentière, avertis par l'exemple de leurs voisins, se défendirent avec le courage du désespoir, et repoussèrent les assaillants. Dans les vallées piémontaises, la résistance ne fut pas moins vigoureuse. Le duc de Savoie, jeune prince d'une vingtaine d'années, regrettait ces mesures barbares ; il reçut, à Pignerol, des députés des Vaudois ; il déclara qu'on l'avait abusé sur leur compte, et leur accorda la paix. On lui avait fait croire que ce peuple était une race à part, dont les enfants naissaient avec de hideuses difformités—un œil au milieu du front, quatre rangées de dents noires, et autres absurdités pareilles ; en voyant, beaux et bien conformés, ceux qu'on lui amena, grande fut sa surprise, grand aussi son mécontentement, d'avoir été joué de la sorte.

La Réformation fut accueillie par les Vaudois avec un sympathique enthousiasme, car elle vivifiait la sainte semence ; elle leur créait, parmi les peuples, des alliés et des frères ; mais leurs épreuves n'étaient pas, tant s'en faut, à leur terme. En 1560, nouvelle persécution, sous le duc Emmanuel-Philibert : nouvelle guerre soutenue par cette pauvre population de montagnards, qui ne dépassait pas dix-huit mille âmes. En vain des troupes espagnoles s'étaient jointes aux Piémontais : toutes ces forces vinrent se briser contre les remparts naturels et l'héroïsme des Vallées, qui conquirent encore une paix honorable.

C'était ainsi des alternatives de persécution et de tranquillité précaire, de tolérance équivoque, où les tentatives de propagande succédaient aux armes, et échouaient comme elles. Et pourtant la valeur des Vaudois était tout au service de leur prince, dès qu'il leur faisait appel. C'est ce qu'on vit en 1628, quand le duc de Savoie leur confia la défense des passages de leurs montagnes contre une armée française qui menaçait ses Etats.

Eh bien! vingt-sept ans après, en 1655, l'extermination de l'*hérésie* était de nouveau décrétée; le fer et la flamme dévastaient encore les Vallées; et non pas seulement le massacre, l'incendie, mais des raffinements d'atrocité inouïs: des hommes hachés tout vifs, d'autres attachés, la tête entre les jambes, comme des boules, et précipités ainsi le long des rochers; — enfants à la mamelle tirés par chaque jambe et écartelés dans cet effroyable jeu; femmes exposées toutes nues sur des piques, le long des chemins; sans compter d'autres abominations que la plume se refuse à retracer. Alors aussi, les prodiges d'une valeur surhumaine broyèrent les envahisseurs sous le plomb des mousquets, sous les pierres des frondes, sous les éclats de roc, sous le tranchant des larges coutelas; et les torrents des montagnes roulèrent chargés de leurs cadavres. Du Languedoc et du Dauphiné, des frères intrépides étaient accourus en aide aux Vaudois, qui, cependant, n'eurent jamais plus de dix-huit cents hommes, pour faire face sur tous les points. Echarpés, épuisés, les bataillons piémontais et les Irlandais, leurs auxiliaires, n'osaient plus affronter ces terribles *Barbets*, comme on appelait les Vaudois, à cause de l'ancien nom de leurs pasteurs. Les annales des Vallées citent surtout les deux capitaines Janavel et Jahier, rustiques héros, dont le premier fut grièvement blessé, le second tué dans ces combats de géants. En même temps, les puissances protestantes firent intervenir leurs envoyés, et les Vaudois purent reprendre haleine, jusqu'à de nouveaux malheurs.

La révocation de l'Edit de Nantes, la proscription absolue

du culte réformé en France, eut, pour les Vallées, un contre-
coup funeste. Le duc de Savoie fut vivement pressé par
Louis XIV d'en finir aussi avec les Vaudois : des troupes
lui étaient offertes pour l'aider dans cette œuvre d'iniquité.
En cas de refus, Louis XIV menaçait de la consommer lui-
même et de garder ensuite le territoire envahi. Ainsi mis en
demeure, Victor-Amédée II accepta ce rôle odieux de persécuteur, contre des sujets qui ne lui donnaient pas même
un prétexte de plainte. Le 31 janvier 1686, un édit prononça
l'interdiction complète de tout culte non romain, sous peine
de la vie, la démolition des temples, le bannissement des
pasteurs et des maîtres d'école. Les ambassadeurs protestants, ceux des cantons suisses en particulier, plaidèrent
avec instance la cause des Vaudois; ils rappelèrent des engagements sacrés, des promesses solennelles : tout ce qu'ils
purent obtenir pour les habitants des Vallées, ce fut la
permission d'émigrer en masse, s'ils ne voulaient pas ab-
jurer.

Alternative affreuse pour ce malheureux peuple, également
ment attaché à sa religion et à ses foyers! Un long cri de
douleur fut poussé vers le ciel. Les uns voulaient se défendre, les autres, jugeant la lutte impossible, acceptaient
l'exil. Les nouvelles de France navraient les âmes : la con-
fusion était partout. Le 22 avril, les Piémontais d'un côté,
de l'autre les Français, commandés par Catinat, — triste
mission pour cet homme illustre, — entrèrent à la fois dans
les Vallées. En vain quelques poignées d'hommes dévoués
essayèrent d'arrêter l'ennemi et repoussèrent ses têtes de
colonnes. Pour achever d'éteindre la résistance, le prince
Gabriel de Savoie, oncle du duc, et commandant les Piémontais, écrivit et signa, au nom de Victor-Amédée, une
déclaration portant garantie formelle pour les personnes et
les biens des Vaudois, s'ils posaient immédiatement les
armes. Devant cette assurance, les Vallées se résignèrent.

Indigne manque de foi! Les Piémontais et les Français,
— après le départ de Catinat, on doit le dire, — se livrè-
rent à tous les excès d'une soldatesque sans frein, pillage,
meurtre, attentats de toute espèce. A mesure qu'une commune était occupée, on réunissait les habitants en un la-
mentable troupeau, qu'une escorte emmenait vers la plaine,
et de là dans les forteresses du Piémont, qui furent bientôt
encombrées de ces prisonniers. On en compta douze à quatorze mille, sans parler de cinq cents livrés en présent au
roi de France, pour reconnaître son secours, et envoyés aux
galères de Marseille. De plus, environ deux mille enfants,
arrachés à leurs parents en pleurs, furent dispersés çà et
là, dans des couvents et des maisons catholiques. Le pasteur Leidet, de Prali, saisi au pied d'un rocher où il chan-
tait des cantiques, fut condamné à mort, sous le faux prétexte qu'il avait été pris les armes à la main. Plusieurs
mois d'une affreuse captivité purent briser son corps, mais
non son courage. Constant jusqu'à la fin, il monta sur l'é-
chafaud en martyr. « Mon Père, » dit-il, empruntant au Ré-
dempteur ses dernières paroles, « mon Père, je remets
« mon âme entre tes mains. »

Les sommités les plus escarpées servaient encore d'asile
à quelques petites bandes. Après que les cantonnements
ennemis se furent éloignés, ne laissant derrière eux que
désolation et solitude, ces hommes désespérés descendirent
de leurs retraites pour chercher des vivres. Assaillants in-
saisissables, ils firent tellement craindre leurs hardis coups
de main, qu'on leur donna des sauf-conduits pour quitter
le pays; on leur remit même des otages, qu'une bande gardait, tandis que l'autre se mettait en route. Plusieurs sti-
pulèrent la mise en liberté de leurs parents, détenus dans
les places fortes, et que la Suisse protestante reçut avec
empressement.

Les cantons ne cessaient d'agir aussi, par leurs envoyés,

en faveur de la masse des captifs. La situation de ces malheureux était affreuse. Si l'on aime à citer quelques hommes bienfaisants, un père Morand, un père Valfredo, qui leur montrèrent, à Turin, une charité vraiment chrétienne, ce fut de trop rares exceptions. Entassés, au milieu des chaleurs de l'été, dans des salles trop étroites, dans des basses-fosses malsaines, eux, habitués à l'air pur, à la vie active de leurs montagnes ; n'ayant qu'une chétive nourriture, de mauvaise eau ; couchés sur des dalles nues ou sur une paille demi-pourrie ; rongés de vermine, exténués de privations, en proie à des maladies épidémiques, ils succombaient par centaines. Aux ardeurs caniculaires, avaient succédé, — autres souffrances, — le froid et les frimas. Le duc avait enfin consenti à signer la convention proposée par les cantons, qui, généreusement, se chargeaient de tout ce pauvre peuple ; mais l'on en différait l'exécution de jour en jour, comme pour attendre que la mort eût fait sa moisson complète.

Enfin, ce fut en décembre que les prisons rendirent ceux qui restaient encore. Les angoisses morales et physiques avaient arraché à quatre cent quatre-vingt-quatre familles un simulacre de conversion catholique, prix de leur mise en liberté : il ne se retrouva, au mois de décembre, guère plus de trois mille prisonniers vivants, outre un certain nombre d'hommes condamnés aux travaux des fortifications et aux galères ; au total, en huit mois, la moitié au moins avait péri (1)!

Une neige épaisse couvrait les Alpes. Alors surtout, avant la construction des routes actuelles, le passage, en cette saison, était extrêmement pénible et dangereux. Des voya-

(1) Aux convertis, on avait fait espérer qu'on leur rendrait leurs propriétés ; restitution qui n'eut pas lieu : la plupart furent disséminés dans la province de Verceil. Au reste, sur ces 484 familles, 481 revinrent, plus tard, au culte natal.

geurs valides, robustes, bien pourvus de toutes choses, s'y
seraient à peine risqués : le trajet semblait donc impossible
pour des hommes affaiblis par la maladie, pour des vieillards, des femmes, des enfants, dans un état de misère pro-
fonde; car au lieu d'être habillés convenablement, comme
on l'avait promis, ils ne reçurent qu'une petite quantité de
méchants effets. C'était presque les condamner à mort, que
de les forcer à partir en cet état et dans ce moment.

Pourtant, c'est ce qui fut fait. A Mondovi, par exemple,
il était cinq heures du soir, — à l'époque de Noël, — quand
les portes s'ouvrirent devant les captifs, et on leur signifia
d'avoir à se mettre en route sur-le-champ, sans quoi la pri-
son les ressaisirait. Sous cette menace, ils se décidèrent :
ils firent quatre ou cinq lieues, dans une nuit d'hiver, par la
gelée, sur la neige; cette première marche coûta la vie à
cent cinquante.

Une autre bande, arrivée à Novalèse, au pied du Mont-
Cenis, voyait, à des signes certains, se préparer un de ces
redoutables orages de vent et de neige, bien connus des
montagnards. Les plus expérimentés supplièrent le commandant de l'escorte d'attendre un jour, par pitié pour les
femmes, les enfants, les malades; l'officier fut inflexible; il
fallut obéir, et un linceul glacé recouvrit quatre-vingt-six
victimes : sept hommes de l'escorte partagèrent leur sort.
Funèbres jalons, ces cadavres marquèrent, à ceux qui suivirent, le passage de la douloureuse caravane : l'on retrouva, dans la neige, des mères serrant encore leurs enfants entre leurs bras raidis.

D'autres officiers, disons-le pour nous reposer l'âme, se
montrèrent plus humains, et adoucirent, autant qu'ils le
purent, la rigueur de leur triste mission.

Sur ces désolants détails, apportés par les premiers
exilés qui arrivèrent, les cœurs, en Suisse, s'émurent d'une
compassion nouvelle. Les cantons envoyèrent en hâte quatre

commissaires, qui s'échelonnèrent sur la route, à Chambéry ou Annecy, à Saint-Jean-de-Maurienne, à Lans-le-Bourg, à Suze, pour prodiguer des secours aux pauvres voyageurs. Tous quatre appartenaient au pays de Vaud, — alors partie du canton de Berne, — et qui, par son nom et son langage, devrait mieux rappeler aux bannis la patrie absente. C'était MM. Roy, châtelain de Romainmotier, Panchaud, de Morges, Cornillat, de Nyon, et Forestier, de Cully. Leur tâche de charité fut dignement remplie. Par leurs soins, chaque troupe, à son passage, recevait de l'argent, des vivres, des médicaments, des habits, des moyens de transport pour les plus souffrants ; puis, avec ces secours, des consolations, des paroles du cœur, qui relevaient les courages. Plus d'une fois, ces hommes généreux accompagnèrent eux-mêmes les convois, pour mieux veiller à leur œuvre pieuse. Ce fut aussi par leurs recherches, leurs réclamations actives, que la plupart des filles et des enfants enlevés pendant la route furent rendus à leurs familles ; mais plusieurs pasteurs restèrent prisonniers en Piémont, sans que la présence même de deux des commissaires, qui se rendirent à Turin, pût obtenir leur élargissement.

A la fin de février 1687, les dernières bandes avaient atteint Genève, première étape et premier asile, à cette époque, pour tant d'infortunes. A mesure qu'arrivaient ces tristes convois, la population accourait à leur rencontre jusqu'au pont d'Arve, alors limite de cette république bien petite par le territoire, bien grande par la noble conduite de ses citoyens. C'était à qui presserait la main de ces frères proscrits, à qui leur prodiguerait des secours, à qui les emmènerait, les transporterait, au besoin, dans sa maison, choisissant, de préférence, les plus malades, les plus misérables. On se regardait comme largement payé par les bénédictions spirituelles qui devaient accompagner ces martyrs de la foi. Hélas ! il y en eut qui expirèrent en touchant le seuil de la cité amie. À chaque arrivée, se renouvelaient des scènes déchirantes ; les Vaudois des précédents convois allant au-devant des nouveaux venus, pour s'informer d'êtres bien-aimés, — un mari, une femme, un père, une mère, des enfants, dont la persécution les avait séparés, — et, trop souvent, n'ayant à recevoir qu'une désolante réponse.

Tous les gouvernements de la Suisse protestante, et, à peu d'exceptions près, les particuliers, accueillirent les Vaudois avec le même empressement que Genève. Par avance, des dépôts d'habillements, de linge, de chaussures, étaient préparés. Un jour de jeûne général avait disposé les esprits, par la puissance des sentiments religieux, à la collecte qui fut faite partout pour les victimes de la persécution. Pourtant, ces cantons, Berne surtout, nourrissaient déjà des milliers de réfugiés français, dont l'exil récent n'avait pu se créer encore des ressources ; mais il y eut place pour des frères de plus à la table de l'hospitalité. C'est là, dans l'histoire de la Suisse, une belle et noble page. Les nouveaux proscrits furent partagés entre les cantons, dans la proportion des moyens de chacun. Berne en prit quarante-quatre sur cent, Zurich trente, Bâle douze, Schaffouse huit ; Saint-Gall, Appenzell extérieur, Glaris et les Grisons protestants prirent le reste (1).

Les autres pays réformés de l'Europe ne restaient pas froids pour cette navrante infortune. Si l'Angleterre, gouvernée par le catholique Jacques II, était gênée dans ses sympathies, la Hollande offrait aux Vaudois un établissement avantageux au Cap de Bonne-Espérance ou en Améri-

(1) Le chiffre exact des Vaudois répartis entre les cantons était de 2,656. Deux à trois cents avaient péri en route, et Genève, qui alors ne faisait pas partie de la Suisse, en avait gardé un certain nombre.

que : plusieurs princes allemands, notamment l'électeur de Brandebourg, leur tendaient les bras. Mais ces pauvres gens ne pouvaient se résoudre à s'en aller encore plus loin de leur patrie. En Suisse même, l'aspect des Alpes ne leur faisait pas illusion : l'image du foyer absent les poursuivait sans cesse. A peine remis de leurs cruelles souffrances, à peine ayant retrouvé la vigueur de leurs bras, ils ne songeaient qu'à revoir leurs chères Vallées, sans reculer devant les plus téméraires entreprises.

CHAPITRE II.

Henri Arnaud. Premiers et infructueux desseins formés par les Vaudois pour rentrer dans leur pays. Dispersion des exilés. Voyage d'Arnaud près du prince d'Orange. Nouvelle entreprise. Départ des Vaudois sous la conduite d'Arnaud. Leur marche à travers la Savoie et les Alpes. Leur victoire à Salabertran. Ils arrivent dans leur pays.

Dès le mois de juillet 1687, trois à quatre cents Vaudois s'étaient rendus, de diverses parties de la Suisse, à Ouchy, près Lausanne, afin de s'embarquer pour la Savoie. Ils n'avaient pas de chefs, presque pas d'armes. Mal concerté, dénué de toute chance de succès, leur projet n'eut pas de suite, et ce fut un bonheur. Un ordre du gouvernement bernois les renvoya dans les cantonnements d'où ils étaient venus.

Pour une entreprise de cette nature, il fallait une tête puissante, un homme doué à la fois de prudence et d'énergie, d'une capacité éminente, d'une constance et d'une hardiesse à toute épreuve, investi, enfin, d'une puissante autorité morale. Cet homme se trouva : ce fut le ministre Arnaud.

Henri Arnaud était né aux environs de Die, dans le Dauphiné, en 1644. Il avait alors quarante-six ans. C'était, d'après ses portraits, un homme aux traits prononcés, au regard ferme, au corps vigoureux. Fixé dans les Vallées, il s'y était tout à fait naturalisé. Pasteur à La Tour, dans le val de Luserne, le bourg le plus important, il jouissait d'une haute considération, d'une légitime influence. Dans la grande ruine de 1686, il conseilla énergiquement la résis-

tance; il était avec ceux qui la tentèrent. Il se garda bien de
se livrer aux Piémontais, et il quitta le pays en temps utile,
se réservant pour le présent et pour l'avenir ; et dès que les
débris de la population vaudoise furent arrivés en Suisse,
il devint l'âme de cette émigration fidèle.

A Genève, les Vaudois avaient aussi retrouvé l'intrépide
Janavel, le capitaine illustré trente-deux ans auparavant,
dans l'invasion de 1655, et qu'une sentence de mort tenait
banni de sa patrie. Dès que le projet des Vaudois fut connu,
ce fut à Janavel qu'on l'attribua. Genève, pour n'être pas
compromise vis-à-vis du duc de Savoie, dut éloigner de ses
murs le glorieux vétéran ; mais il ne tarda pas à y revenir.
Ce qu'il y a de certain, c'est que le héros du val de Lusérne
coopéra, de son expérience et de ses précieux conseils, au
plan de l'entreprise : le poids des années ne lui permettait
pas de faire davantage et d'en diriger lui-même l'exécution.

Pour commencer, trois éclaireurs furent envoyés en avant,
afin de reconnaître la route, de s'assurer de l'état des choses,
de s'aboucher avec les amis des exilés, de les charger de
préparer du pain, pour le déposer dans des endroits conve-
nus ; car, dans ces montagnes, on avait coutume de cuire le
pain de manière à le conserver longtemps, comme du biscuit
de mer. De ces trois agents, l'un était du val Saint-Martin ;
les deux autres des vallées françaises, dont les habitants,
en grand nombre, avaient aussi demandé asile à la Suisse.
Ces hommes s'acquittèrent de leur mission avec intelli-
gence et succès. Comme ils s'en revenaient, deux, qui se
donnaient pour des marchands de dentelles, excitèrent des
soupçons et furent arrêtés en Savoie ; mais leur présence
d'esprit ne laissa rien pénétrer et les tira de ce mauvais pas.

Pendant ce temps, les Vaudois, pressés de prendre un
parti entre les refuges qu'on leur offrait hors de la Suisse,
éloignaient le plus possible leur décision. Sur le rapport
des éclaireurs, ils hâtèrent l'exécution de leur projet. C'était

au mois de juin 1688. Le lieu du rendez-vous fut Bex, bourg alors bernois, à trois quarts de lieue du pont de Saint-Maurice, par où les Vaudois comptaient gagner le territoire savoyard.

Six à sept cents hommes, arrivés par petites troupes, se trouvèrent cette fois réunis, sous la conduite d'Arnaud. Mais leur marche ne put rester secrète. Les Valaisans firent bonne garde à Saint-Maurice : des signaux de feu se répondirent du Valais à la Savoie, et tout fut encore manqué. Tandis que les réfugiés délibéraient sur ce qu'ils avaient à faire, le gouverneur ou bailli, M. Frédéric Tormann, les rassembla dans le temple : les larmes aux yeux, ne cachant pas son vif intérêt pour leur cause, il les harangua, leur conseilla la patience, les détourna d'une tentative éventée, qui leur serait funeste, leur fit espérer que Dieu, plus tard, les ramènerait dans leur pays. Arnaud parla ensuite : il avait choisi pour texte ces paroles de saint Luc : *Ne crains point, petit troupeau*, et son langage acheva de calmer les esprits. Le généreux bailli emmena toute la troupe à Aigle, chef-lieu de son ressort, lui fit distribuer du pain, la logea dans la ville, prit dans sa propre maison Arnaud et les principaux officiers, et leur prêta même 200 écus pour aider ceux qui étaient venus des cantons éloignés à regagner leur résidence.

La consternation fut grande après cette déception nouvelle. Le gouvernement bernois, accusé de connivence par le duc de Savoie, relégua d'abord dans l'île Saint-Pierre, près de Bienne, ceux qui avaient pris part à la tentative avortée. Plus tard, il fut enjoint aux réfugiés, au nom des cantons, de se rapprocher des bords du Rhin, d'où ils partiraient pour l'Allemagne. Cet ordre, dicté par des raisons impérieuses, fut adouci, dans l'exécution, par une bienveillance toujours secourable. Il fallut bien se décider. Des exilés, huit cents se dirigèrent vers le Brandebourg, pareil nombre vers le Palatinat, sept cents vers le Wurtemberg. Il n'en resta en Suisse qu'un petit nombre. Douloureuse et amère dispersion !

Arnaud présida, le cœur serré, à ces tristes départs, encourageant ses frères, leur donnant confiance dans l'avenir; après quoi il se rendit en Hollande, pour consulter secrètement le prince Guillaume d'Orange sur le plan qu'il était loin d'abandonner. Ce prince était regardé, dès lors, comme le plus ferme appui de l'Eglise protestante, et il devait, l'année suivante, monter sur le trône d'Angleterre. Il accueillit parfaitement le pasteur vaudois, l'affermit dans son grand dessein, et lui fit espérer d'être bientôt secondé par les circonstances.

Cette même année, en effet, la guerre éclata : l'invasion du Palatinat par les Français fit refluer en Suisse les Vaudois qui s'y trouvaient : une partie de ceux du Wurtemberg prirent le même parti, en sorte que le plus grand nombre des émigrés se trouva de nouveau distribué dans les cantons. L'hospitalité suisse ne se démentit pas envers eux. D'ailleurs, la plupart trouvaient moyen de se suffire par leur travail, se faisant partout estimer pour leur honnêteté, leur bonne conduite. En outre, des collectes considérables se faisaient à leur profit en Angleterre, en Hollande; cet argent, c'était pour les Vaudois du pain, — et des armes.

Revenu en Suisse, Arnaud pressait activement ses préparatifs. De Neuchâtel, où il résidait avec sa femme, il étendait partout ses correspondances, il avait l'œil à toutes choses. Mais les cantons ne pouvaient se départir, à l'égard des réfugiés, de la surveillance imposée par les traités et le droit politique : leur bonne foi respectait ces obligations, même quand elles coûtaient le plus à leurs sympathies. Avant d'affronter leurs ennemis, les exilés avaient donc à tromper les regards de leurs amis : première difficulté de l'entreprise.

On était arrivé au mois d'août 1689. Tout étant prêt, un rendez-vous général fut indiqué. Le plus grand secret était nécessaire. Les réfugiés qui étaient domestiques, artisans, ouvriers, eurent à trouver des prétextes pour rompre leurs engagements ; ceux qui avaient une femme, des enfants, tâchèrent de cacher, au dehors, l'émotion poignante d'une séparation peut-être éternelle. Arnaud laissa sa famille à Neuchâtel, et se dirigea, comme les autres, vers le lieu désigné : c'était, cette fois, le bois de Prangins, près Nyon, sur les bords du lac Léman. Des bateaux devaient, en même temps, se trouver au rivage. Mais, malgré toute la discrétion possible, la disparition simultanée des réfugiés, la marche de leurs diverses bandes vers un même point, ne purent manquer d'éveiller les soupçons. Le long du lac, à Ouchy, Morges, Rolle, Nyon, des ordres furent donnés, des milices appelées pour empêcher l'embarquement, en saisissant les bateaux, en désarmant les réfugiés. Leur perte semblait si probable, dans cette entreprise, que les autorités bernoises croyaient faire acte d'humanité en y mettant obstacle.

Le vendredi 16 août 1689, le plus grand nombre étaient réunis dans le bois de Prangins. Ce jour avait été choisi à dessein, à cause de la circonstance d'un jeûne solennel qui, en appelant tout le monde dans les temples, diminuerait la surveillance. Cachés dans le bois, les réfugiés attendaient encore plusieurs bandes de leurs compatriotes ; mais le temps pressait ; d'un instant à l'autre, les milices pouvaient paraître. La nuit était venue. A neuf heures du soir, l'ordre du départ fut donné. S'agenouillant sur le rivage, avec ses compagnons, Arnaud, en ce moment décisif, adressa au ciel une fervente prière ; puis, on s'embarqua, et les bateaux, au nombre d'une quinzaine, démarrèrent.

Ce fut entre Yvoire et Nernier, vis-à-vis de la pointe de Promenthou, que l'on toucha la rive savoyarde. Le Léman n'a

qu'une lieue de large en cet endroit, où commence la partie
appelée le *petit lac,* et qui va se rétrécissant toujours jusqu'à Genève. Aussitôt le débarquement opéré, les bateaux
retournèrent pour chercher les hommes arrivés trop tard
qui se trouveraient à l'autre bord. Trois barques seulement
purent aborder, dans la nuit, près de Prangins, et y prendre
un certain nombre de retardataires; mais il en resta deux
cents et, parmi eux, le capitaine Bourgeois, de Neuchâtel,
officier d'expérience, qui devait avoir le commandement militaire de l'expédition. Cent vingt-deux autres, et des meilleurs, venant des Grisons, furent arrêtés dans le canton
catholique d'Uri : sur la demande de l'envoyé de Victor-
Amédée, ils furent livrés à ce prince et jetés dans les prisons
de Turin.

Descendu le premier sur la rive savoyarde, Arnaud avait
immédiatement posé des sentinelles. A mesure que son
monde débarquait, il le faisait mettre en ordre; il veillait
à ce que personne ne s'écartât. A défaut de Bourgeois,
le capitaine Turel, réfugié français, des environs de Die
comme Arnaud, fut choisi pour présider aux détails militaires; mais il ne pouvait rien faire sans consulter le
conseil de guerre, composé de tous les capitaines, et sans
prendre l'avis d'Arnaud, en même temps le guide terrestre
et le conducteur spirituel, le Moïse et le Josué de la tribu
proscrite. Ces temps étaient des temps à part; cette Eglise
militante des Vaudois n'était pas l'Eglise paisible des temps
ordinaires, et le génie du guerrier avait germé sous la robe
du pasteur.

Tout compté, il se trouva neuf cents hommes. Ils furent
organisés en vingt compagnies, régulièrement armées et
commandées. Il y en avait treize de Vaudois du Piémont,
six des vallées françaises et une dite *des volontaires,* for-
mée des hommes qui s'y enrôlèrent par choix. Des trom-
pettes tenaient lieu de tambours. Avec Arnaud, deux autres

ministres accompagnaient l'expédition, M. Cyrus Chyon,
ancien ministre à Pont-en-Royans, et M. Montoux, de la
vallée de Pragela, territoire aujourd'hui piémontais, mais
compris alors dans le Dauphiné.

De même qu'en s'embarquant, les Vaudois, à leur premier
pas sur la rive ennemie, élevèrent leurs cœurs à Dieu. Jamais
tentative plus hardie n'avait réclamé, en effet, le secours divin.
Toute la Savoie, pays hostile, à traverser ; les montagnes les
plus escarpées à franchir ; des périls de tous les moments,
des fatigues inouïes, le manque de vivres, dans les lieux
déserts et sauvages par où les Vaudois devaient se diriger
de préférence, telle était la tâche à surmonter, avant même
d'atteindre leur pays. Le chasseur de chamois se hasarde à
peine sur les sommets par où la troupe intrépide devait se
frayer un passage, luttant en même temps contre les difficultés naturelles et contre l'ennemi qui l'attendrait. Puis, si
les Vaudois peuvent surmonter tant d'obstacles et atteindre
leurs vallées, comment ne seront-ils pas accablés par les
forces qui viendront les assaillir ? Certes, une entreprise
pareille semblait impossible, folle même : héroïque folie,
pour le succès de laquelle les Vaudois comptaient, — après
Dieu, — sur leur courage et leurs mousquets.

Le premier pas fut marqué par un incident fâcheux. Le
pasteur Chyon était allé au prochain village pour avoir des
guides : malgré la nuit, l'alarme avait été donnée ; arrêté, il
fut emmené à Chambéry.

Le jour (samedi 17 août) commençait à paraître ; les Vaudois se portèrent sur le bourg d'Yvoire, qui fut occupé
sans coup férir. Ils se saisirent de quelques habitants notables pour servir d'otages, puis ils poursuivirent rapidement leur marche. Ils observaient la plus exacte discipline,
payant tout scrupuleusement. Il n'y avait pas de troupes
réglées sur cette ligne. En quelques endroits, les autorités
ou les gentilshommes voulurent mettre les paysans sous les

armes ; mais ceux-ci, rassurés par la conduite des Vaudois,
venaient avec leurs curés les regarder tranquillement passer,
et souvent ils disaient : *Dieu vous accompagne!* A Filly,
le curé ouvrit même sa cave aux Vaudois et les fit rafraîchir, sans vouloir aucun payement.

Toutefois, quelques dispositions moins pacifiques s'étant
manifestées, on employa, pour les prévenir, un petit strata-
gème : on fit écrire par un des gentilshommes pris pour
otages quelques lignes ainsi conçues : « *Ces messieurs* sont
« arrivés ici au nombre de deux mille : ils nous ont priés de
« les accompagner pour rendre compte de leur conduite,
« et nous pouvons vous assurer qu'elle est toute modérée :
« ils payent tout ce qu'ils prennent et ne demandent que le
« passage. Ainsi, nous vous prions de ne point faire sonner
« le tocsin, de ne point faire battre la caisse et de faire
« retirer votre monde, au cas qu'il soit sous les armes. »
Cette lettre, signée par tous les otages, fut envoyée au
bourg de Viûs, qui se trouvait sur le chemin : elle produisit
l'effet voulu.

Du reste, ces otages, soit gentilshommes, soit moines et
gens d'église, n'éprouvèrent aucun mauvais traitement.

Avec leur jarret de montagnards, les Vaudois, sauf de
bien courtes haltes, ne s'arrêtèrent, le premier jour, qu'à
minuit. Ils dormirent en plein champ, malgré la pluie. Le
second jour, 18 août, ils arrivèrent près de Cluse, petite
ville fermée qui pouvait les arrêter tout court, et qui se dis-
posait, en effet, à la résistance. Arnaud fit sommer les habitants de se rendre : la fermeté de son langage, jointe à
l'attitude des Vaudois, leur imposa, et l'on traversa la ville,
non sans se garder militairement. Il en fut de même à Sallenches, où, déjà, les autorités locales avaient réuni six cents
hommes.

Dès ces deux premières journées, les Vaudois avaient eu
bien à souffrir par la pluie, par des chemins que le mau-

vais temps rendait plus difficiles. Mais, au delà de Sallenches, commençait la partie impossible en apparence de leur voyage guerrier. Par une gorge qui s'ouvre vers le midi, ils se jetèrent en pleines Alpes, hors de tout chemin praticable, gravissant les plus âpres escarpements, souvent par des degrés taillés dans le roc, comme des échelons ; ayant à descendre des pentes non moins pénibles pour recommencer ensuite une autre ascension pareille. Des paysans savoyards, pris pour guides, s'acquittèrent si mal de cette mission qu'on dut les menacer de les pendre. Les Vaudois se trouvaient au milieu des sommets neigeux qui entourent le colossal Mont-Blanc, sur ces cols perdus où s'aventurent seulement les curieux les plus hardis ; et par là passaient neuf cents hommes, pour qui le mousquet du soldat remplaçait le bâton ferré du voyageur. Dans ces solitudes désolées, heureux quand ils rencontraient le misérable abri de quelques chalets, et, chétive nourriture, un peu de lait et de fromage ! Epuisés de fatigue, tout trempés, les pieds meurtris par les rocs aigus ou enfonçant dans la neige, voyant encore d'autres assauts pareils à livrer, plus d'une fois ces hommes intrépides sentirent le désespoir près de les saisir. Alors Arnaud faisait entendre ses éloquentes exhortations, et il n'était pas de cœur qui ne se ranimât à sa voix.

De la vallée de l'Arve, les Vaudois parvinrent, le cinquième jour, dans celle de l'Isère, au bourg de Sainte-Foy où, pour la première fois depuis le départ, Arnaud et son collègue, M. Montoux, purent souper dans un bon gîte et dormir tranquillement trois heures. De là, remontant le cours de l'Isère, la troupe atteignit et gravit le mont Iséran où cette rivière prend sa source. Là, les Vaudois apprirent par des bergers qu'au delà du Mont-Cenis, des forces régulières les attendaient de pied ferme : cette perspective ne fit qu'enflammer leur courage.

Le septième jour, on arriva au Mont-Cénis, où était établi un relai de poste. On s'empara des chevaux, ainsi que des bagages du nonce du pape, le cardinal Ange Ranuzzi, qui revenait de France, et qui avait déjà passé les monts. Sur les réclamations des muletiers, tout, cependant, fut rendu, hors une seule montre, que l'on ne put retrouver.

Le grand et le petit Mont-Cenis étant franchis, non sans des fatigues extrêmes, les Vaudois en éprouvèrent d'autres non moins rudes en descendant par le col de la Clairée. Plusieurs, surpris par les ténèbres, s'égarèrent dans les bois, et y passèrent une cruelle nuit, pendant que leurs compagnons se réchauffaient et se séchaient, tant bien que mal, autour de quelques feux.

Arrivés à ce versant méridional des Alpes, les Vaudois laissèrent à leur gauche la ville de Suze, et se dirigèrent vers le point où se touchent la France, la Savoie et le Piémont, en suivant la rive gauche de la Doire, qu'ils avaient à traverser : c'est par là qu'ils comptaient pénétrer dans leurs chères Vallées.

Nos héroïques aventuriers admiraient et bénissaient la bonté de la Providence qui les avait protégés dans ce terrible trajet, car ils n'avaient eu à combattre que la nature, déjà bien assez redoutable ; mais on ne les avait pas trompés en leur annonçant qu'au delà du Mont-Cenis, ils trouveraient d'autres luttes.

La ville d'Exiles était alors possédée par la France. Une partie de la garnison, avec des paysans armés, attendait les Vaudois à mi-côte de la vallée de Jaillou, dominant un sentier par où ils étaient obligés de passer. Leur avant-garde, composée de cent hommes, fut accueillie par un feu violent et des débris de rochers que l'ennemi faisait rouler sur eux. Arrêtés tout court, les Vaudois se rejetèrent en arrière pour chercher un autre chemin, en remontant ce rude col de la Clairée, qu'ils avaient descendu avec tant de peine. Plusieurs des otages qu'ils menaient toujours avec eux, demandaient qu'on les tuât, plutôt que de leur faire partager des fatigues pareilles.

Dans le désordre, augmenté par un épais brouillard, une quarantaine d'hommes se perdirent, entre autres deux capitaines des vallées françaises dont on n'eut plus de nouvelles, et deux bons chirurgiens, Jean Malanot et Jean Muston. Le premier fut pris par les Piémontais et conduit prisonnier à Turin ; le second, tombé entre les mains des Français, fut jeté sur les galères de Marseille, où il souffrit et languit jusqu'à sa mort.

Pour passer la Doire, les Vaudois n'avaient que le pont de Salabertran, entre Exiles et Oulx. Du col de Touille, ils descendirent vers ce pont à la nuit tombante. Les Français, commandés par le marquis de Larrey, étaient retranchés à l'autre bord de la rivière, et, de loin, le nombre de leurs feux de bivouac indiquait une force imposante. Il fallait pourtant enlever le passage ou périr : de cet instant critique dépendait le sort de l'expédition. C'était le huitième jour depuis le départ, samedi 24 août.

Après une courte prière, les Vaudois s'avancent. Au *Qui vive ?* des Français, ils répondent *amis !* Mais, avec le cri *tue ! tue !* éclate une fusillade terrible. D'après l'ordre d'Arnaud, tous s'étaient jetés à terre pour éviter ce premier feu qui ne blessa qu'un seul homme. A ce moment, un détachement qui avait suivi les Vaudois, arrive pour les charger par derrière. Arnaud, avec le capitaine Mondon, de Bobbi, lui fait face et l'arrête. Quelques braves, pour animer leurs camarades, crient résolûment : *Courage ! le pont est gagné !* Aussitôt, les Vaudois, le sabre à la main, la baïonnette en avant, s'élancent tête baissée, franchissent le pont d'un élan culbutent et balayent l'ennemi, et, sans s'arrêter, se précipitent sur les retranchements avec une telle furie que rien ne leur résiste. Leurs adversaires, tout étourdis, ne se servaient plus de leurs fusils que pour parer les coups. La victoire fut complète. Tel était l'acharnement de la poursuite, qu'on saisissait les fuyards aux cheveux. A la faveur de la nuit, beaucoup se mêlèrent parmi les Vaudois, et essayè- rent d'imiter leur mot de ralliement, vaine ruse qui leur fut fatale. Le marquis de Larrey, blessé grièvement au bras, s'écriait avec désespoir: « Est-il possible que je perde le « combat et l'honneur! » Il se fit porter à Briançon, d'où, ne se croyant pas en sûreté, il se réfugia jusqu'à Embrun.

Pendant le combat, presque tous les otages avaient réussi à s'échapper: sur une quarantaine, il en resta six seulement.

Dans cette affaire mémorable, quinze compagnies de troupes réglées et onze de milice, bien postées, bien retran- chées, et formant deux mille cinq cents hommes, — outre les paysans et le détachement venu pour attaquer les Vau- dois à dos, — furent défaites par moins de neuf cents hom- mes harassés de fatigue. Grâce à la vivacité même de leur attaque, les Vaudois n'eurent qu'une trentaine de morts ou de blessés. Les Français avouèrent une perte de douze ca- pitaines, plusieurs autres officiers, et environ six cents sol- dats. Les Vaudois prirent beaucoup d'armes, de bagages, et tant de munitions que l'on ne put tout emporter. De ce qui resta, une partie fut jetée dans la Doire: le surplus fut réuni en tas, avec une mèche pour y communiquer le feu. Le fra- cas de l'explosion se répéta au loin dans les échos des mon- tagnes, tandis que les Vaudois faisaient résonner leurs trom- pettes, jetaient leurs chapeaux en l'air et s'écriaient: « Grâces soient rendues à l'Eternel des armées qui nous a « donné la victoire sur nos ennemis! »

Après cette victoire signalée, les Vaudois n'en étaient pas moins obligés de presser leur marche, car d'autres forces, tant piémontaises que françaises, approchaient pour les ac- cabler. Malgré leur lassitude, ils gravirent, à la clarté de la lune, la haute montagne du Sci, qui se dressait devant eux. Beaucoup, tombant de lassitude et de sommeil, s'arrêtaient et

s'endormaient en chemin. L'arrière-garde avait beau les ré-
veiller et les faire lever, quatre-vingts traînards restèrent en
route et furent faits prisonniers. Ainsi que les hommes éga-
rés la veille dans les ravins de Jaillon, ils furent traînés bien
garrottés à Grenoble : perte douloureuse qui, plus que le
combat, diminuait la vaillante troupe.

Du sommet du Sei, où l'on parvint au lever de l'aurore, on dé-
couvrait d'autres cimes qui se perdaient à l'extrême horizon :
elles appartenaient aux vallées vaudoises. Arnaud les fit voir
à ses compagnons, première récompense de tant de miracles
d'énergie et de courage. Tous, avec lui, se prosternèrent : ils
adorèrent et bénirent le Seigneur, s'accusant de leurs péchés,
exaltant la bonté divine, saluant, du haut du mont solitaire,
aux rayons du soleil levant, cette Chanaan chérie qu'il leur était
accordé de revoir. — Hélas! ce n'était pas la Terre promise
des Hébreux, offrant tous les dons de la nature à qui voudrait
les cueillir, séjour de fécondité, de paix, de bien-être et d'a-
bondance. Pauvres et âpres par elles-mêmes, les Vallées ne
présentaient plus que désolation et tristesse. Leurs enfants
n'allaient les toucher, après des fatigues inouïes, que pour
y retrouver toutes les misères et tous les dangers : il n'importe : cette première vue était, pour les Vaudois, un
bonheur qui faisait déborder leur cœur d'allégresse.

Après avoir longtemps attendu les hommes restés en arrière, la colonne descendit dans la vallée de Pragela, ce territoire alors français, qu'elle avait encore à traverser. Les
habitants, protestants presque tous, avaient vu leurs temples détruits, leur communion proscrite, mais ils n'étaient catholiques que de nom. L'on se reposa, la nuit suivante, dans
un de leurs villages. Le lendemain, les Vaudois se diri-
geaient vers le col de Pis, par où l'on débouche du Pragela
dans la vallée de Saint-Martin, quand ils aperçurent des
troupes piémontaises qui, rangées en bon ordre, gardaient
le passage. On s'arrêta pour faire la prière ; puis, formés

en trois détachements, les Vaudois se préparèrent à l'attaque; mais les Piémontais ne les attendirent pas et prirent la fuite. Le col fut franchi : la nuit qui survint n'arrêta pas la troupe exilée. Le jour la trouva descendant les versants dès montagnes natales, et enfin, le mardi 27 août, onzième jour de l'expédition, les Vaudois atteignirent le premier village de leur pays : c'était la Balsille.

CHAPITRE III.

Guerre de partisans soutenue par les Vaudois dans les Vallées. Ils se retirent à la Balsille et s'y fortifient. Les Français sont obligés d'en ajourner l'attaque. Situation des Vaudois pendant cet hiver. Tentatives de négociations faites auprès d'eux. La Balsille est de nouveau attaquée. Sanglant échec des Français. Les assiégés réduits à la dernière extrémité. Leur merveilleuse évasion. Brusque changement qui fait leur salut.

Des neuf cents hommes partis des bords du Léman, la troupe vaudoise n'en comptait plus guère que sept cents. Le Jaillon et la montagne du Sci lui en avaient enlevé environ cent vingt, outre des blessés qui, restés sur terre de France, n'échappèrent pas à d'implacables recherches. Enfin, à ces pertes, il faut joindre un certain nombre d'hommes des vallées dauphinoises, qui profitèrent du voisinage de leur pays pour y rentrer.

Les Vallées, depuis trois ans, n'offraient qu'une muette solitude, sauf les endroits où s'étaient établis de nouveaux habitants piémontais ou savoyards, à la place de ceux que la plus odieuse proscription en avait arrachés. Exaspérés par le souvenir de tant de maux, de tant de victimes, les Vaudois sacrifièrent quelques-uns de ces intrus qu'ils avaient surpris. Le droit fatal des représailles, l'impossibilité de garder des prisonniers qui, devenus libres, auraient dénoncé leur petit nombre, leur dicta la même mesure contre des soldats et des miliciens tombés en leur pouvoir : rigueur douloureuse qu'une telle position explique, et qu'Arnaud ne fut pas toujours à même d'empêcher.

De la Balsille, les Vaudois explorèrent les lieux voisins. A Prali, la paroisse du saint ministre Leidet, martyrisé en 1686, le temple était encore debout, mais converti en église catholique. Les ornements et les symboles romains en furent aussitôt arrachés. Pour être entendu à la fois de ceux qui se pressaient au dedans et au dehors, Arnaud se fit une chaire d'un banc pratiqué sous la porte. Evoquant tant d'images frappantes, tant d'idées qui auraient inspiré l'orateur le moins éloquent, il émut, il transporta son auditoire, ces sept cents montagnards-soldats, au front rude et basané, qui venaient d'accomplir une si merveilleuse expédition. Ces sept cents voix entonnèrent le psaume 74, qui commence ainsi :

Faut-il, ô Dieu ! que nous soyons épars...

puis le 129e, qui ne s'appliquait pas moins à la circonstance, et dans lequel Arnaud avait puisé son texte :

Dès ma jeunesse ils m'ont fait mille maux,
Dès ma jeunesse, Israël peut le dire,
Mes ennemis m'ont livré mille assauts.
Jamais pourtant ils n'ont pu me détruire.

Les Vaudois avaient donc le bonheur de fouler de nouveau le sol natal : sur leur terrain, dans ces lieux connus, ils sentaient doubler leurs forces. De la vallée de Saint-Martin, ils se portèrent dans celle de Luserne, la plus importante des trois. Deux cents gardes du duc de Savoie occupaient le col par où ces deux vallées communiquent. — « Venez, venez, Barbets du diable ! » criaient-ils aux Vaudois en les défiant. Malgré ces bravades, ils furent mis en fuite, abandonnant beaucoup de morts, leurs vivres, leurs munitions et leurs bagages. Les bourgades étaient dégarnies de troupes, et les nouveaux habitants n'essayèrent pas de s'y maintenir. A Bobbi, les Vaudois déposèrent pour un moment leurs armes, et se réunirent en assemblée générale. Là, tous prêtèrent le serment solennel de respecter les lois divines, de

se consacrer sans relâche à leur sainte cause et à la délivrance de leurs frères captifs, et de rester unis entre eux,
supérieurs et subordonnés s'engageant les uns envers les
autres. On promit aussi de mettre en commun toutes les
ressources que l'on pourrait recueillir, et deux secrétaires,
avec quatre trésoriers, furent nommés pour en surveiller
l'emploi.

Mais des renforts nombreux arrivant à l'ennemi, bientôt
les Vaudois ne purent se maintenir dans la région inférieure
des Vallées : ils durent se retirer dans des parties plus éle-
vées, où l'âpreté des lieux les abriterait. Serrés de près,
quatre-vingts d'entre eux, avec lesquels étaient Arnaud et le
ministre Montoux, se trouvèrent séparés du gros de la
troupe. M. Montoux fut pris. Les autres ne s'échappèrent
qu'en se dispersant par petites escouades. Trois fois Arnaud, avec six hommes qui l'accompagnaient, se crut perdu
sans ressources, et se mit en prières, attendant son sort;
trois fois la protection du ciel le préserva, et il put atteindre
une cime où les quatre-vingts hommes se réunirent. Ils formèrent un camp volant qui allait ramassant çà et là quelques
provisions; mais bien souvent leur dénûment fut affreux.
Plus d'une fois, un morceau de pain moins gros que le
poing, une soupe faite avec quelques légumes, sans sel, ni
graisse, ni aucun assaisonnement, ou bien avec de l'oseille
sauvage et d'autres plantes de montagnes, fut l'unique ali-
ment de leur journée. Il leur arriva d'être réduits à manger
des choux crus, n'osant allumer du feu, de crainte de se
trahir. Chez ces hommes indomptables, l'énergie de l'âme
soutenait le corps, décidés qu'ils étaient à ne pas quitter
cette terre où ils étaient revenus avec tant d'efforts, — à
l'avoir pour demeure ou pour tombeau.

Dans un endroit sauvage et escarpé, au Serre-de-Cruel,
qui domine le bourg de Bobbi, était établi un dépôt pour les
malades et les blessés. Au Rodoret, village reculé du val

Saint-Martin, on transporta les provisions que la retraite momentanée des Piémontais permit de recueillir, grains, noix, pommes, châtaignes. Dans des courses heureuses, on enleva aussi des convois de vin et d'autres denrées, et l'on put se croire au moins à l'abri de la famine.

Mais l'ennemi ne tarda pas à revenir plus nombreux. Les Piémontais étaient commandés par le lieutenant-général marquis de Parelle. Un corps français arriva du Pragela sous les ordres du marquis d'Ombraille. La troupe vaudoise s'affaiblissait toujours par le départ de quelques hommes des vallées du Dauphiné. Les malheureux ne regagnèrent leur pays que pour y trouver des bourreaux. Tel fut le sort de Turel, l'adjoint militaire d'Arnaud : il alla périr à Embrun par l'horrible supplice de la roue ; douze de ses compagnons furent pendus en même temps, six à sa droite et six à sa gauche, comme pour lui faire cortége. Il fut remplacé par le capitaine Odin, avec le titre de major-général.

Le 22 octobre, les Vaudois, réunis au Rodoret au nombre d'environ quatre cents, tinrent conseil. Près d'être écrasés par la masse de leurs ennemis, dans quelle retraite d'un accès encore plus difficile, sur quels sommets alpestres, en cette saison d'automne, allaient-ils se réfugier ?

Deux avis s'ouvrirent, les uns opinant pour les montagnes de Bobbi, les autres pour celles d'Angrogne, où se tenait une petite troupe détachée, sous l'intrépide capitaine Buffa. Les deux avis étant soutenus avec une égale chaleur, la discorde allait s'introduire parmi les chefs et les soldats, et la ruine avec elle. A ce moment, une voix s'élève, une voix chérie et vénérée. « Prions ! » s'écrie Arnaud ; et aussitôt il implore les lumières d'en haut dans une fervente invocation à laquelle tous s'unissent ; puis, quand la prière eut calmé les esprits, quand il eut exhorté l'assemblée à sacrifier tout avis particulier à celui de la majorité, il proposa un autre refuge, la Balsille, ce même endroit par où les proscrits étaient rentrés dans leur pays, et qui deviendrait leur asile suprême. Cette troisième proposition enleva l'assentiment général. On partit sans bruit à deux heures du matin, en ayant soin de suivre les sentiers les plus détournés, les arêtes les plus abruptes des montagnes. Dans cette marche, les otages qui restaient encore réussirent à s'échapper. Perte plus sensible, les humbles magasins formés avec tant de peine devinrent la proie de l'ennemi.

La Balsille est un village situé à l'extrémité habitable du val Saint-Martin, au bout de cette espèce d'impasse que ferment les monts presque infranchissables de la frontière française. Il est traversé par le torrent de la Germanasque, dont la source est un peu plus haut. Un pont de pierre unit les deux parties du village, que pressent les pentes escarpées du mont Guignevert, en partie couvertes de bois. De ces parois ardues, sur la rive gauche du torrent, se détache, comme une fortification avancée, comme un énorme bastion, un rocher en pain de sucre formant trois étages, et terminé par une plate-forme naturelle de quelques pas de diamètre. C'est dans ce nid d'aigle que les Vaudois, pourchassés et traqués comme des bêtes fauves, résolurent de tenir jusqu'à la dernière extrémité.

Sans perdre un moment, ils y commencèrent des ouvrages, pour ajouter le travail de l'homme à l'œuvre de la création. Des baraques furent construites, des espèces de casemates furent creusées, pour servir de logements, avec des rigoles qui empêcheraient l'eau de les envahir. Les retranchements consistaient en chemins couverts, en coupures pratiquées les unes au-dessus des autres, de manière à se retirer, au besoin, de celles d'en bas dans celles d'en haut. Sur un roc plus élevé attenant au rocher principal, qu'on appelait le *Château*, on construisit un fortin. Enfin, sur une arête élancée qui dominait tous les ouvrages, on établit un corps de garde qui surveillerait sans cesse les mouvements des assaillants. Un ancien moulin sur la Germanasque fut remis en état de servir. Le *Château* avait, de plus, trois sources qui sortent du rocher même.

L'incertitude où furent d'abord les ennemis sur la direction qu'avaient prise les Vaudois valut à ceux-ci quelques jours de répit : ils en profitèrent activement. Néanmoins, leurs travaux ne pouvaient être encore qu'ébauchés, quand, le 29 octobre, les Français parurent. Bivouaquant dans les bois voisins par le froid, par la neige qui, à cette hauteur, tombait déjà en abondance, ils eurent extrêmement à souffrir. Repoussés dans une première tentative pour passer le pont, ils y parvinrent le lendemain, mais en perdant une soixantaine d'hommes. Les Vaudois, bien abrités, n'en eurent pas à regretter un seul.

Après avoir reconnu la position de ses adversaires, le marquis d'Ombraille jugea impossible de les y forcer dans cette saison. Il se retira, brûlant les maisons et les granges, emportant ou détruisant toutes les provisions. Les soldats ennemis criaient aux Vaudois de prendre patience *jusqu'à Pâques*, en les attendant. M. d'Ombraille cantonna ses troupes de son mieux, ne laissant que des postes d'observation dans quelques villages de la vallée.

Plus libres de leurs mouvements, les Vaudois employèrent l'hiver à compléter leurs travaux. Du seul côté par où le rocher était abordable, Arnaud fit élever des parapets, planter de fortes palissades ; des arbres furent disposés comme des chevaux de frise, les branches étant tournées vers l'ennemi, le tronc et les racines chargés d'énormes pierres. Les approvisionnements ne furent pas négligés. Les seigles étaient en grande partie restés sur pied l'été précédent ; car le retour des proscrits, avant l'époque tardive où l'on moissonne dans ces montagnes, avait chassé les nouveaux habitants, et les Vaudois avaient eu peu de loisir pour ces paisibles travaux. Par une circonstance où l'on vit une faveur signalée du ciel, ces grains furent retrouvés sous la neige dans un état parfait : on les récolta au mois de février. Les Vaudois allèrent butiner des vivres jusque dans le Pragela et la vallée de Queyras, et la Balsille eut ses magasins bien garnis. Quelques-uns périrent dans ces excursions : trois ayant été surpris dans un village, deux, qui étaient malades, eurent la tête coupée, non sans d'autres mutilations hideuses, et le troisième fut forcé de porter ces trophées sanglants à Pérouse, où M. d'Ombraille le fit pendre. Le juge même du lieu, touché du courage de ce malheureux, intercéda pour lui, mais en vain, et fut menacé de partager son sort.

Outre les Vaudois réfugiés à la Balsille, d'autres erraient toujours dans les montagnes, parmi les glaces et les neiges. Une douzaine, mourant de faim et de froid, parvinrent, de précipice en précipice, à gagner la citadelle où se déciderait bientôt le sort de tous. Une autre bande, forte de soixante hommes, que l'on croyait perdus, battit le pays jusqu'à la fin, sans jamais être atteinte.

Arnaud, général et ingénieur, ne négligeait pas, au milieu de cette vie militante, ses fonctions de ministre de la religion. Matin et soir, il disait la prière, que tout le monde écoutait prosterné : il prêchait deux fois par semaine, le dimanche et le jeudi ; il administrait la sainte Cène, et ces pieux exercices soutenaient la résolution du troupeau fidèle.

Rien, cependant, n'était omis pour l'ébranler. Durant cet hiver, de nombreuses démarches furent faites par des émissaires piémontais, par des parents ou amis devenus catholiques, pour engager les Vaudois à quitter définitivement le pays. Lettres et visites se succédaient toujours plus pressantes. On faisait agir l'intérêt des prisonniers que gardait encore le Piémont, celui des femmes et des enfants restés en Suisse, la certitude apparente d'être écrasés, anéantis au printemps. Arnaud, personnellement, ne fut pas oublié dans ces tentatives. Son beau-frère, détenu au château de

La Tour, lui écrivit, d'accord avec le commandant piémontais, le chevalier de Vercellis, pour le conjurer de mettre bas les armes. Le jeune fils du captif, le neveu d'Arnaud, accompagnait le porteur de la lettre. Le courage stoïque du pasteur vaudois ne céda pas à l'assaut que lui livraient les sentiments de la famille.

Par opposition avec la cruauté impitoyable du marquis d'Ombraille, le général en chef piémontais, le marquis de Parelle, témoignait aux Vaudois presque de l'intérêt. A côté des moyens d'intimidation, on s'adressait à leur conscience ; on tâchait d'y jeter l'alarme par l'idée d'une rébellion coupable contre leur prince légitime, contre le César de l'Evangile. C'est à ce reproche qu'Arnaud, organe du conseil de guerre vaudois, répondit dans la lettre suivante :

« Monseigneur,

« Ce n'est pas d'aujourd'hui que le peuple des Vallées a reconnu l'affection que vous lui avez toujours témoignée. La réputation de Votre Excellence s'est si bien établie dans le monde, et surtout en Allemagne, que le nom de Parelle y est dans une estime toute particulière. Vous continuez encore, Monseigneur, à nous donner des marques de la générosité de votre âme, en nous envoyant Parander et Richard, qui nous ont fait quelques propositions pour le bien public. Le conseil s'étant assemblé, on a pris la liberté d'écrire à Votre Excellence, et de la prier instamment de continuer ses bons offices pour le bien et le repos des familles et des peuples, en représentant, s'il vous plaît, à Son Altesse Royale :

« 1° Que ses sujets des Vallées ont été en possession des terres qu'ils avaient de temps immémorial, et que ces terres leur ont été laissées par leurs ancêtres ;

« 2° Qu'ils ont de tout temps payé exactement à Son Altesse Royale les impôts et les tailles qu'il lui plaisait d'imposer ;

« 3° Qu'ils ont toujours rendu une fidèle obéissance aux ordres de Son Altesse Royale dans tous les mouvements qui sont arrivés dans ses Etats.

« 4° Qu'en ces derniers mouvements suscités contre ces fidèles sujets par d'autre ressort que celui de Son Altesse Royale, il n'y avait seulement pas un procès criminel dans les Vallées, chacun s'occupant à vivre paisiblement dans sa maison, en rendant à Dieu l'adoration que toutes les créatures lui doivent et à César ce qui lui appartient, et que cependant un peuple si fidèle, après avoir beaucoup souffert dans les prisons, se voit dispersé et errant dans le monde. Votre Excellence ne trouvera sans doute pas étrange si ces gens ont à cœur de revenir dans leurs terres. Hélas! les oiseaux, qui ne sont que des bêtes dépourvues de raison, reviennent dans leur saison chercher leur nid et leur habitation sans qu'on les en empêche; mais on en empêche des hommes créés à l'image et semblance de Dieu. L'intention des Vaudois n'est pas de répandre le sang des hommes, à moins que ce ne soit en défendant le leur; ils ne feront de mal à personne. S'ils demeurent sur leurs terres, c'est pour y être, comme ci-devant, avec toutes leurs familles, bons et fidèles sujets de Son Altesse Royale le prince souverain que Dieu leur a donné. Nous prions donc avec soumission Votre Excellence de soutenir et d'appuyer nos justes raisons, et de croire que nous faisons une estime très particulière de Votre Excellence, comme la connaissant depuis longtemps. Nous redoublerons nos prières pour votre conservation et pour celle de Son Altesse Royale et de toute sa maison royale, et surtout pour apaiser la colère de l'Eternel, qui paraît courroucé contre toute la terre. Si Votre Excellence avait la bonté de nous honorer d'un mot de réponse, ces deux hommes pourraient nous l'apporter en sûreté. Nous espérons qu'on agira avec nous de bonne foi dans toutes ces affaires, comme nous faisons gloire de le faire de notre part, et d'être avec respect, Monseigneur, de Votre Excellence, les très humbles et très obéissants serviteurs, et pour tous,

« Henri Arnaud.
« P. P. Odin. »

On écrivit aussi au chevalier de Vercellis pour lui exprimer les mêmes sentiments en termes à peu près semblables.

Que de force, que de modération, que de simplicité tout ensemble dans cette lettre, qui résumait si bien les dispositions des Vaudois et la situation qu'on leur avait faite! Ce langage était conforme à celui de leurs frères les réformés de France, fidèles sujets comme eux, et comme eux persécutés. La conscience tranquille, mettant leur espoir dans la protection divine, ces héroïques champions voyaient sans crainte approcher le moment auquel les avaient ajournés leurs ennemis.

Dès le 30 avril, les Français, précédés de nombreux paysans du Pragela et du Dauphiné, qu'ils avaient mis en réquisition pour ouvrir les neiges, reparurent devant la Balsille. Catinat en personne venait diriger l'attaque de ce rocher transformé en citadelle. Douze mille Piémontais et dix mille Français composaient l'armée échelonnée dans les vallées de Saint-Martin et de Pérouse, pour venir à bout des quatre cents assiégés.

Appelé ailleurs par de plus grandes opérations militaires, Catinat voulut en finir par un seul coup de main. Le 1er mai, le gros de ses forces s'approcha des maisons ruinées du village, au pied du rocher. Un feu violent accueillit les Français et les força de s'éloigner, laissant cinquante morts sur le terrain, outre beaucoup de blessés qu'ils emportèrent. Quant aux Piémontais, ils restèrent simples spectateurs de l'action.

Repoussé de ce côté, Catinat renouvela l'attaque sur un

autre point qu'il jugea plus faible. C'était celui qui avait attiré, en effet, l'attention du vigilant Arnaud. Cinq cents soldats d'élite, pris dans le régiment d'Artois, furent destinés pour cet assaut, que soutenait le feu de sept mille hommes. La colonne choisie s'avança pleine d'ardeur, croyant qu'il lui serait facile d'écarter ou d'arracher ce rempart de branchages, seule défense qu'elle aperçût devant elle ; mais ces arbres se trouvèrent comme cloués par les amas de pierres dont ils étaient chargés et derrière lesquels se tenaient les Vaudois, la main sur la détente du mousquet. Les assaillants s'épuisaient en vains efforts pour surmonter cette barrière, quand une décharge terrible les foudroya presque à bout portant. La neige qui tombait ne ralentit pas le feu des Vaudois, les moins habiles tireurs chargeant les armes et les passant aux plus adroits, en sorte que pas un coup n'était perdu. Le désordre se met dans la colonne à demi renversée ; pour achever sa déroute, les Vaudois s'élancent de leurs retranchements, ils culbutent et taillent en pièces les débris de cette troupe d'élite. Les Français avouèrent une perte de vingt officiers et deux cents soldats. Suivant la relation vaudoise, il n'échappa de toute la colonne que dix ou douze hommes, nu-tête et sans armes. Consternés, les Français se retirèrent à Macel, et les Piémontais à Champ-la-Salse, de l'autre côté de la Germanasque.

Sur les morts, les Vaudois ramassèrent quantité de petits imprimés, des charmes, de prétendus préservatifs, superstitieuses formules, menteuses amulettes distribuées aux soldats ennemis, comme si, dans les disciples du pur Evangile, on les envoyait combattre des suppôts du démon pourvus de maléfices infernaux. Les Vaudois rendirent à Dieu de ferventes actions de grâces, et Arnaud fit une prédication si touchante, que ses auditeurs, — et lui-même,— étaient émus jusqu'aux larmes. Comme il parla de la bonne foi avec laquelle on devait partager le butin, chacun apporta le sien et le mit en commun, armes, habits, linge, etc. La plus grande partie fut vendue, et le produit partagé entre les soldats. Le reste fut distribué aux plus pauvres.

Un tel échec blessa profondément Catinat. Ces *Barbets* que l'on qualifiait de misérables brigands, ils avaient fait échouer, au pied de leur rocher, la haute renommée de l'illustre général. Ne voulant pas risquer une seconde fois pareil affront, il partit, laissant au marquis de Feuquières, ambassadeur de France à Turin, le soin de terminer l'entreprise.

Le samedi 10 mai, les sentinelles vaudoises signalèrent de nouveau l'approche des colonnes ennemies. C'était la veille de la Pentecôte : on se préparait à la communion, qui dut être ajournée. Douze mille hommes, avec quatorze cents paysans pour aider aux travaux, prirent position tant dans la vallée que sur les hauteurs et les rochers voisins, et formèrent l'investissement complet. Ils élevèrent des parapets garnis de sacs de laine, comme pour un siége en règle ; derrière ces abris, ils nourrissaient une incessante fusillade et bravaient celle des Vaudois, dépourvus d'artillerie. A force de bras, des canons furent hissés sur le Guignevert, à la hauteur du château, de manière à le foudroyer.

Cependant, les intrépides Vaudois persistaient dans leur défense désespérée : presque chaque nuit, ils osaient faire des sorties. Déjà, sommés de se rendre, ils avaient répondu : « N'étant point sujets du roi de France, et ce monarque n'étant point maître de ce pays, nous ne pouvons traiter avec ses officiers. Etant dans les héritages que nos pères nous ont laissés de tout temps, nous espérons, avec l'aide de celui qui est le Dieu des armées, d'y vivre et d'y mourir, quand nous ne resterions que dix. Si votre canon tire, nos rochers n'en seront pas épouvantés, et nous l'entendrons tirer. » M. de Feuquières fit encore arborer

un drapeau blanc, puis un drapeau rouge, pour dire aux assiégés que, s'ils ne se rendaient pas, il n'y aurait pour eux
grâce ni merci. Comme l'autre, cette suprême sommation
demeura vaine.

Dans la nuit du 13 au 14 mai, il fallut évacuer le corps
de garde extérieur. Les assiégés étaient forcés de ménager
leurs munitions, qui s'épuisaient. Le 14, l'artillerie ouvrit
son feu. Les retranchements des Vaudois, leurs faibles murs
en pierres sèches, furent bientôt démantelés et percés à
jour. Dès que la brèche fut praticable, trois colonnes mon-
tèrent à l'assaut, tandis que le reste de l'armée ennemie
continuait la fusillade. Hors d'état de tenir dans leurs retranchements inférieurs, les assiégés les évacuèrent pour
gagner le haut du rocher. Quelques malades ou blessés
furent pris. Il y en eut un, nommé Jacques Peiran, à qui les
Français voulurent arracher des renseignements. M. de Feuquières permit qu'on lui brûlât les pieds à petit feu, supplice qui ne put triompher de sa constance.

Pour cette fois, la perte des Vaudois semblait certaine.
L'approche de la nuit obligeait seule les assiégeants à la
renvoyer au lendemain; mais ils préparaient déjà les cordes
pour lier et pendre ces Barbets qu'ils allaient enfin tenir.
Ceux-ci n'avaient plus qu'à périr ou à tenter une évasion qui
semblait impossible. Ils résolurent de s'y hasarder à la faveur des ténèbres; mais de grands feux allumés par les
ennemis parurent leur enlever toute chance. Heureusement,
il s'éleva un fort brouillard, qui fut regardé comme une
faveur du ciel.

Un capitaine, nommé Poulat, qui était de la Balsille même
et qui connaissait à fond chaque sentier, chaque accident
de terrain, s'offrit à servir de guide. Ayant observé attenti-
vement, d'après les feux, les positions des assiégeants, il
déclara que le seul passage était un ravin, ou plutôt un effroyable précipice qu'il indiqua. Ses compagnons s'aban-

donnèrent à sa conduite et à la protection du ciel. Suivant
le conseil de Poulat, ils ôtèrent leurs souliers pour faire
moins de bruit et pour mieux sentir si le pied se posait sur
un support assez solide ; puis, passant par une déchirure
du rocher, ils commencèrent à se glisser le long de cet
abîme, obligés, la plupart du temps, de descendre assis, de
s'accrocher à des branches d'arbres, de se traîner sur les
genoux, s'arrêtant quelquefois pour se reposer. Les premiers, tâtonnant des pieds et des mains, indiquaient le chemin à ceux qui venaient après. Non loin d'un poste français, et juste au moment d'une ronde, un Vaudois, en
s'aidant de ses mains, laissa tomber un petit chaudron
qu'il portait. A ce bruit, la sentinelle cria : *Qui vive ?* Tout le
monde resta immobile, dans un profond silence. Le soldat,
croyant qu'il s'était trompé, ne renouvela pas son appel.

La chaîne des postes ennemis étant franchie, les Vaudois
se hâtèrent de gagner du terrain avant qu'on ne les eût dé-
couverts. Ils gravirent les montagnes opposées, où ils durent
creuser des degrés dans la neige. Sur l'autre revers, le matin, ils s'arrêtèrent ; ils firent de la soupe, ils se réconfor-
tèrent un peu ; puis ils se remirent en route, ne cherchant
qu'à cacher leur course rapide.

On peut juger quelle fut la colère des assiégeants en
s'apercevant de la miraculeuse évasion. Dès que la trace des
fugitifs fut reconnue, des colonnes furent lancées à leur
poursuite. Serrés de près, parfois même découvrant, derrière eux, l'ennemi acharné sur leurs pas, multipliant les
détours et les contre-marches, les Vaudois vinrent tomber,
le 17, sur le bourg de Pramol, dans le val de Pérouse, où
ils comptaient ramasser des vivres. Le cantonnement piémontais et les habitants catholiques se retranchèrent dans
le cimetière ; les Vaudois les y forcèrent, leur tuèrent cin-
quante-sept hommes, et n'eurent que trois morts et autant
de blessés. Le commandant, M. de Vignaux, fut fait prison-

nier, ainsi que trois lieutenants. Ces officiers n'eurent qu'à se louer du traitement qu'ils reçurent.

Depuis quelque temps, presque séparé du monde, Arnaud était privé de tout renseignement certain sur les faits du dehors. Ce fut par le commandant piémontais qu'il eut connaissance d'une grande nouvelle. Les puissances en guerre avec Louis XIV pressaient vivement le duc de Savoie de se séparer de ce monarque et de s'unir à elles. Victor-Amédée n'avait plus que trois jours pour se décider. Du premier coup d'œil, Arnaud embrassa toute la situation : le parti qu'allait prendre le duc déciderait du salut ou de la destruction de la faible troupe, de l'avenir même du peuple vaudois. De quel côté le ciel ferait-il incliner la pensée du prince ? Quelle anxiété pour Arnaud dans une telle attente!

Le terme en fut avancé. Dès le lendemain, dimanche 18 mai 1690, dans un hameau du val d'Angrogne, Arnaud apprit cette décision capitale, arrêt de vie ou de mort : le duc se détachait de Louis XIV, et, pour premier gage, il offrait aux Vaudois paix et amitié.

Un revirement si complet, un changement de situation si soudain pour les malheureux proscrits, semblait d'abord à peine possible: c'était pour eux comme un rêve. L'excès de la joie risquait d'être funeste à quelques-uns, si un reste d'incrédulité n'en eût tempéré les élans. Mais tout leur confirmait l'annonce bienheureuse. Un détachement français, en poursuivant les Vaudois, vint pour se rafraîchir au bourg de La Tour, et dut mettre bas les armes devant la garnison piémontaise. Par contre, les généraux du duc distribuaient des vivres à leurs adversaires de la veille, et remettaient à leur garde le bourg de Bobbi. Bien plus, les Vaudois virent accourir plusieurs de leurs pasteurs et de leurs notables, sortis des prisons de Turin, tous racontant à l'envi, avec des transports d'allégresse, leur délivrance et les paroles bienveillantes que le duc en personne leur avait adressées.

Il leur avait dit, — à peine en croyaient-ils leurs oreilles, — « qu'il ne les empêcherait pas de prêcher partout, jusque « dans Turin. »

La guerre contre la France était officiellement déclarée. Sur l'invitation du commandant en chef piémontais, les Vaudois se joignirent avec empressement à ses troupes, et firent d'heureuses expéditions. Un de leurs détachements ayant enlevé, dans le val Pragela, un courrier avec des dépêches pour le roi de France, Arnaud fut chargé de porter cette capture au duc. Il accueillit avec cordialité les députés vaudois. « Vous n'avez qu'un Dieu et qu'un prince à « servir, » leur dit-il; « servez Dieu et votre prince fidè- « lement. Jusqu'à présent, nous avons été ennemis; à pré- « sent, il faut être bons amis. D'autres ont été la cause de « votre malheur; mais si, comme vous le devez, vous ex- « posez vos vies pour mon service, j'exposerai aussi la « mienne pour vous, et tant que j'aurai un morceau de « pain, vous en aurez votre part. »

Sans doute, le duc de Savoie, dans son brusque changement d'attitude, avait intérêt à s'assurer, pour la garde de sa frontière, le concours de ces hommes rompus à la guerre de montagnes et d'une bravoure si éprouvée; mais on peut croire aussi qu'il avait ouvert les yeux sur cette odieuse persécution contre de fidèles sujets imposée par une volonté étrangère, et qui entachait son honneur, en même temps qu'elle dévastait et dépeuplait un canton de ses Etats.

Arnaud, tout à fait en faveur près de Victor-Amédée, se contenta de reprendre modestement sa qualité de *pasteur à La Tour*, comme on le voit par la lettre suivante, écrite à M. Tormann, le bon et digne bailli d'Aigle, qui lui avait demandé des détails sur le changement si heureux survenu dans la fortune des Vaudois :

« De Turin, le 5 de juillet 1690.

« .... Voici au vrai notre état : nous sommes dans la plus parfaite union du monde avec Son Altesse Royale. M. Odin, notre major, M. le capitaine Friquet et moi, avons été ensemble mener au camp du prince, qui est à Moncalier avec les troupes d'Espagne, de l'empereur et de Milan, le courrier que nous avons pris neuf lieues dans le Dauphiné, et qui portait des lettres par lesquelles on a découvert des mystères de la dernière conséquence. Son Altesse Royale nous a très bien reçus et nous a assurés de la protection de toute la ligue. Le comte de Louvigny, qui commande pour l'Espagne, nous en a dit de même. Son Altesse Royale nous laisse dans une pleine liberté ; elle souhaite que le pays se repeuple. Nous espérions que tout le monde viendrait se jeter de ce côté ; cependant, nous n'avons encore vu personne ! Je suis en poste avec un courrier du prince, qu'on m'a donné pour aller au-devant des troupes qui doivent arriver par le Milanais ; les nôtres sont toutes à Bobbi et à Villar, leur camp volant de quatre-vingts hommes battant l'estrade jusqu'à Briançon. Il nous faut des troupes, et je sais que vous contribuerez très assurément en tout ce qui sera de votre pouvoir pour le rétablissement de nos pauvres églises, voyant surtout les grands miracles que Dieu a faits depuis six mois pour les soutenir. Il n'y aura jamais que lui seul qui sache et qui saura les peines que nous avons eues, de même que les combats horribles qu'on nous a livrés tant et tant de fois, sans que nos ennemis aient pu venir à bout de leur dessein ; au contraire, lorsqu'ils criaient : *C'en est fait, ils sont à nous !* le grand Dieu des armées nous a toujours donné la victoire......... Je vous écris à minuit, n'ayant seulement pas le temps d'écrire à ma femme, qui est à Neuchâtel. Ayez la bonté de la faire saluer de ma part, d'embrasser pour moi M. Perrot le pasteur,

M. Sandoz le conseiller, et M. Léger, à Genève, à qui j'é-
crivis dernièrement. J'exhorte et prie tous les réfugiés et
autres qui aiment l'avancement du règne du Fils de Dieu
de se joindre à nous : ils ne manqueront ni de terres, ni
d'argent, ni de biens ; car le temps est venu qu'il faut rebâtir la sainte Sion. J'ai passé pour un téméraire et un im-
prudent; cependant, l'événement fait voir que c'est Dieu
qui fait toutes nos affaires, et le pauvre Arnaud est avec les
généraux, aimé de tous ceux qui l'auraient mangé ci-devant.
C'est ici l'œuvre de Dieu : à lui seul en soit la gloire! Je le
prie pour votre conservation et celle de toute votre illustre
famille, embrassant de cœur ceux qui aiment au Seigneur,
et suis fidèlement, Monseigneur,

> « Votre très humble et très obéissant serviteur,
>
> « H. ARNAUD, *pasteur à La Tour.* »

Dès que la merveilleuse nouvelle fut confirmée parmi les
Vaudois dispersés en pays étranger, ils se hâtèrent de partir pour revoir leur patrie. Tel fut leur empressement, que
beaucoup de ceux qui étaient établis dans le Brandebourg
ne prirent pas même le temps de récolter leurs moissons.
L'électeur pourvut, avec la plus grande bonté, à leurs be-
soins pour le voyage. Que de joyeuses caravanes s'achemi-
nèrent vers le sol natal! Comme une partie des terres, dans
les Vallées, avait été cédée à des corporations religieuses,
d'autres vendues ou louées à des particuliers, de là des difficultés pouvaient naître : le duc de Savoie se chargea de les
lever. De plus, les Vaudois que la persécution et la violence
avaient faits catholiques de nom purent, sans être inquiétés,
rentrer dans la communion de leurs ancêtres. Néanmoins,
la population vaudoise, après ce retour des bannis, ne dépassait pas quatre mille âmes, dont mille à onze cents
hommes en état de porter les armes.

Victor-Amédée n'eut pas à regretter cette réparation trop

légitime envers ses sujets des Vallées. Pendant que leurs maisons et leurs chalets se relevaient, que leurs champs étaient remis en culture, le régiment vaudois qui servait dans l'armée piémontaise se signalait par sa bravoure dans toutes les occasions ; son drapeau était blanc et semé d'étoiles bleues, avec cette devise : *Patientia læsa fit furor* (la patience lassée se tourne en fureur), choisie par le duc lui-même. Si Victor-Amédée fut vaincu en bataille rangée à Staffarde et à la Marsaille, bien des succès de détail, dans les passages et les gorges des Alpes, furent dus aux redoutables Barbets. Ils détruisaient les détachements ennemis, enlevaient les convois et étendaient leurs incursions jusque sur les terres de France.

Un édit ducal, en date des 13 et 23 mai 1694, régularisa la tolérance provisoirement accordée aux Vaudois. Ce ne fut pas sans résistance de la part de la cour de Rome : Innocent XII dénonça cet édit au tribunal du Saint-Office, qui le déclara nul et non avenu, recommandant à ses inquisiteurs de n'y avoir pas égard ; mais le sénat de Turin passa outre, confirma le droit d'exécution de l'édit, et prohiba le décret de l'inquisition : exemple d'indépendance qui, donné plus tôt, eût épargné bien des malheurs.

CHAPITRE IV.

Bannissement des réfugiés des Vallées en 1698. Arnaud est enveloppé dans cet exil. Il se rend avec les bannis dans le
Wurtemberg, où ils s'établissent. Leurs colonies. Retour momentané d'Arnaud dans les Vallées. Ses dernières années, sa
mort, sa sépulture; ses enfants. Les Vaudois jusqu'au temps
actuel.

Ainsi, Arnaud avait accompli l'étonnante et admirable tâche qu'il s'était imposée : il avait rendu aux débris des Vaudois la terre de leurs aïeux. Quant à lui, le glorieux chef de
la petite armée, il était rentré dans le paisible exercice de
ses fonctions pastorales. Toutefois, il paraît qu'il change
de résidence, car, à la date de 1692, dans la liste des pasteurs des Vallées, on le trouve desservant Rora et les Vignes de Luserne, et, plus tard, la paroisse de Saint-Jean.
Sans aucune prééminence de rang sur ses collègues, il continuait d'exercer tout autour de lui l'espèce de magistrature
morale qu'il avait si bien conquise. Par cette unique autorité du respect et de l'affection, il présidait à la reconstitution de la famille vaudoise; il était l'arbitre toujours consulté; il terminait amiablement les différends que pouvaient
susciter une maison à rebâtir, un héritage à partager, le retour d'un parent que l'on n'attendait plus; il était, en un
mot, comme le père de ce peuple qui déjà lui devait tant.
La population ne tarda pas à s'accroître rapidement, car on
voit par les vieux registres que, du mois d'août 1690 au
1er janvier 1697, il y eut, dans la seule paroisse d'Angrogne,

95 mariages et 143 naissances. Beaucoup de réfugiés français, du Dauphiné ou du Pragela, vinrent grossir le faible noyau; enfin, une ère de prospérité s'ouvrait pour cette contrée si longtemps malheureuse.

Cette influence d'Arnaud, toute employée pour le bien, ne laissait pas que d'être suspecte, dans l'entourage de Victor-Amédée, à quelques esprits malveillants. L'acte de justice de ce prince avait fait des mécontents, qui ne négligeaient aucun prétexte d'attaquer les chrétiens évangéliques, et surtout l'illustre pasteur.

Pour se débarrasser de lui, un nouveau revirement politique vint en aide à ses ennemis. Le 4 juillet 1696, le duc de Savoie conclut sa paix particulière avec Louis XIV, qui reprit sur lui un ascendant fatal. Dans sa politique, Victor-Amédée n'avait d'autre règle que l'intérêt du moment. Il recouvrait, par ce traité, presque toutes les places qu'il avait perdues, et Marie-Adélaïde, sa fille, épousait le duc de Bourgogne, petit-fils du roi. Le génie de la persécution semblait siéger dans les conseils de Louis XIV. Il fut stipulé, par une disposition spéciale, que toute communication religieuse avec ses sujets serait interdite aux habitants des Vallées, et que tous les réformés français, sans exception, seraient bannis de ce pays.

Victor-Amédée accepta ces conditions. Sans doute, l'édit en faveur des Vaudois n'était pas positivement violé dans sa teneur; mais ne l'était-il pas dans son esprit? Ces réformés à qui Louis XIV avait ravi leur patrie et qu'il poursuivait encore dans leur refuge, ils ne faisaient plus qu'un peuple avec les habitants originaires des Vallées; ils tenaient au sol par la propriété, par des mariages, par tous les liens de l'existence: c'était un second exil que leur infligeait, par la main de Victor-Amédée, leur implacable persécuteur. En outre, tout exercice du culte réformé devait être interdit dans la partie du val de Pérouse encore possédée par la

France, et que Louis XIV cédait, avec Pignerol, au duc de Savoie. Pour son adieu de souverain à de pauvres pâtres des Alpes, le grand roi faisait contre eux, en quelque sorte, ses réserves posthumes.

Ces articles ne reçurent leur exécution que deux ans après ; mais aucun adoucissement n'y fut admis. Le 1er juillet 1698, un édit ducal enjoignit à tous les protestants français établis dans les Etats piémontais d'en sortir dans le délai de deux mois, *sous peine de la vie*, malgré toute permission antérieure. Ceux qui étaient propriétaires dans le pays, et qui, dans le terme indiqué, n'auraient pas vendu leurs biens, devaient en recevoir le prix coûtant des mains de l'intendant de Pignerol. De plus, il était défendu aux pasteurs vaudois de mettre le pied dans les Etats du roi de France, sous peine de dix ans de galères.

Il y eut de nouveau, dans les Vallées, bien des larmes et des gémissements. Arrachés à leur patrie d'adoption, à leurs maisons, à leurs champs, à leurs amis ; rejetés dans une vie errante et précaire, les malheureux réfugiés partirent en pleurant. Des pièces de cette époque, relatives à des transmissions d'immeubles, attestent les motifs de plusieurs de ces ventes. Par exemple, des femmes vaudoises qui avaient épousé des réfugiés vendaient leurs biens, « ne voulant ni ne pouvant souffrir d'être séparées de leurs maris, que l'édit de juillet forçait de quitter ces Vallées. » Les protestants français servant dans le régiment vaudois durent, par ordre du prince pour lequel coula leur sang, s'éloigner d'un drapeau devenu leur seul abri.

Mais, de tous ces nouveaux bannis, le plus illustre fut Arnaud, — Arnaud, le conducteur, le chef des Vallées, le résumé vivant de la plus belle page de leur histoire ! Comme nous l'avons dit, il était né Dauphinois ; — fixé dans les Vallées depuis bien longtemps, dès avant la révocation de l'édit de Nantes, mais peu importe : il ne s'en trouvait pas moins atteint par la cruelle mesure, avec six autres pasteurs, sur treize qui desservaient alors les églises vaudoises. L'un d'eux était M. Montoux, compagnon de son immortelle entreprise, et compagnon aussi de son douloureux bannissement.

Quelle navrante séparation que celle du pasteur et du troupeau, de ce troupeau à qui l'attachaient toutes les fibres de son cœur! Une nouvelle mission l'appelait, la mission de guider une autre colonie d'exilés. Il fit donc ses adieux à ces temples où retentit si souvent sa voix aimée, à ces montagnes qui redisaient la gloire du chef militaire et les vertus chrétiennes du ministre du ciel, à ce pays qu'il aidait à se relever de ses ruines, et, résigné, il se mit en chemin.

Trois mille personnes partirent, tant Français établis dans les Vallées vaudoises que protestants du territoire cédé par la France au Piémont. Ces trois mille exilés, divisés en sept bandes, chacune sous la conduite d'un pasteur, se dirigèrent vers Genève, qui, cette fois encore, se montra noblement hospitalière. Arnaud, avec la première troupe, y arriva le 30 août 1698. Provisoirement, les cantons suisses se chargèrent des nouveaux bannis, jusqu'à ce que l'on eût négocié leur établissement définitif en Allemagne.

A cet effet, trois députés se rendirent dans le Wurtemberg, qui, par sa proximité, paraissait offrir les meilleures conditions. Ces députés étaient: Henri Arnaud pour les réfugiés du val de Luserne, Etienne Muret pour ceux de Pérouse et de Saint-Martin, et Jacques Pastre pour ceux du Pragela. Arrivés à Stuttgard au mois d'octobre, ils entrèrent en conférences avec trois conseillers du duc de Wurtemberg qui savaient le français. C'était Arnaud qui portait la parole. Dans ces négociations, le simple pasteur de village déploya cette entente des affaires qui, unie à ses autres mérites, en faisait un homme supérieur. Néanmoins, des difficultés surgissaient. Le jeune duc Eberhard-Louis n'écoutait que son cœur; mais.ses conseillers, plus circonspects, craignaient que la misère des pauvres exilés ne fût pour le pays un fardeau onéreux.

Arnaud stimula le zèle charitable de la Hollande et de l'Angleterre; il sollicita l'intervention officieuse de leur diplomatie pour aplanir les obstacles. Toujours infatigable, il se rendit, pendant cet hiver, dans ces deux pays, pour agir de sa personne encore plus activement. Par ses soins, des collectes considérables furent réunies. En même temps, d'autres princes d'Allemagne, et en particulier l'excellent électeur de Brandebourg, s'offraient à recevoir les bannis dans leurs Etats. Enfin, le gouvernement du Wurtemberg se décida, et, dans le courant de 1699, les réfugiés prirent possession de leurs nouvelles demeures.

Des terres restées incultes et vacantes depuis la grande guerre de Trente Ans leur étaient concédées pour y créer des villages. Ils devenaient sujets du duc, mais leurs églises devaient se gouverner selon leurs règles et leurs lois; ils étaient exemptés pour dix ans d'impôts et de corvées, et chaque commune pouvait établir un conseil formé du maire, de l'échevin et d'autres notables, et qui aurait droit de juger les affaires civiles jusqu'à concurrence de vingt florins. L'Angleterre voulait bien accorder un subside annuel pour l'humble traitement des pasteurs et des maîtres d'école. Quelques-uns des ministres eurent aussi une petite pension de la Hollande.

Les premiers temps furent assez pénibles pour nos pauvres colons, jusqu'à ce que leurs maisons fussent bâties, leurs terres mises en rapport: ils eurent besoin des secours du duc de Wurtemberg et de leurs amis des autres pays; mais, dès la seconde année, le succès commençait à récompenser leurs laborieux efforts, et bientôt, sur ces terres incultes qu'on leur avait cédées, on vit se développer plusieurs villages franco-vaudois, qui offraient l'exemple de la bonne conduite, du travail et de l'industrie. C'est par eux que fut introduite en ces contrées la culture de la pomme de terre, encore considérée comme malsaine, il y a un siècle et demi, par les médecins allemands. Par une touchante pensée, les réfugiés donnèrent à ces nouvelles résidences des noms empruntés aux lieux qu'ils avaient dû quitter. Ainsi, Luserne, Grand-Villar, Pinache, Serres, Pérouse, Mentoule, Queyras, etc., rappelaient à leurs habitants les Vallées vaudoises, le Pragela ou le Haut-Dauphiné. Dans la petite ville de Dürrmenz, où les artisans qui se trouvaient parmi les exilés furent autorisés à s'établir, ils bâtirent une rue appelée encore aujourd'hui Welchstrasse (*rue Française*).

Jusqu'au commencement de notre siècle, ces villages eurent leurs pasteurs particuliers et quelques restes de leur origine, de leur existence propre; mais ils ont fini peu à peu par se fondre dans la masse allemande qui les presse, et par en adopter les coutumes et le langage. Les traditions du passé ne se conservent plus que dans les récits de quelques vieillards, dans les archives des communes et dans quelques inscriptions ou autres vestiges à demi effacés.

Arnaud s'était fixé dans les environs de Dürrmenz, à Schœnberg, qu'il appelait *les Mûriers*, à cause de la culture dont l'introduction fut due également aux industrieux colons. Cependant, en 1703, il ne put résister à l'appel des circonstances, qui lui rouvrirent l'accès des Vallées piémontaises. Après avoir été l'équivoque allié de Louis XIV, dans la guerre de la succession d'Espagne, qui venait de commencer, Victor-Amédée avait encore une fois changé de parti. Comme treize ans auparavant, il s'empressa d'adresser un appel à la valeureuse fidélité des Vaudois. Par une proclamation du 5 octobre 1703, il les requérait de former immédiatement leurs compagnies, en leur permettant de nommer eux-mêmes leur commandant. Non-seulement il révoquait son décret contre les réfugiés, mais encore il invitait les Vaudois à recevoir dans leurs vallées tous ceux qui voudraient s'y rendre, et le nombre en fut considérable.

Arnaud voulut revoir cette contrée si chère à son cœur, et il y reprit l'exercice de son ministère, dans la paroisse de Saint-Jean; car un mémoire, daté du 27 décembre 1706, contient cette mention : « L'église de Saint-Jean est maintenant desservie par Henri Arnaud, ministre provisionnaire. »

Les Vaudois avaient, comme toujours, vaillamment répondu à la confiance de leur prince. La bravoure de ces rudes soldats de montagnes, ainsi postés sur la frontière, leur donnait une telle importance, que la France voulut obtenir au moins leur neutralité. Le duc de la Feuillade leur promettait, en échange, de les préserver de tous les maux de la guerre. Les communes des vallées de Pérouse et de Saint-Martin, les plus exposées, ayant vu leurs terres saisies par l'ennemi, accédèrent à cette proposition, et la signature de Louis XIV sanctionna, le 25 juillet 1704, ce traité entre le grand roi et quelques obscurs villages. Au reste, cette demi-défection ne fut que passagère; Arnaud la combattit de tout son pouvoir, et la principale vallée, celle de Luserne, où il résidait, n'y prit aucune part. Bien au contraire, elle signala de la manière la plus éclatante son dévouement à son souverain : ce fut quand Victor-Amédée, poursuivi, accablé par des forces supérieures, vint lui demander asile. Les milices vaudoises accoururent; elles lui firent comme un rempart vivant; elles donnèrent le temps au prince Eugène d'arriver à son secours, et bientôt la défaite du duc de la Feuillade sous les murs de Turin (7 septembre 1706) changea complétement la face des affaires. La retraite de l'armée française fut encore vivement harcelée par les Barbets.

Ce fut peu de temps après qu'Arnaud quitta de nouveau

les Vallées. Il fut, dit-on, accusé d'avoir rêvé l'établissement d'une république vaudoise, imputation que rien ne jus-
tifiait, et que démentait même bien hautement l'usage qu'il
venait de faire de son influence. Quoi qu'il en soit, il partit,
en 1707, pour Londres. Il s'y trouvait encore l'année suivante; mais ce fut en vain que la cour d'Angleterre lui
donna un brevet de colonel, et voulut le retenir par les offres
les plus avantageuses. Le modeste pasteur, alors presque
septuagénaire, fit encore un voyage dans les Vallées, puis,
en 1709, il alla retrouver en Allemagne le troupeau qu'il y
avait conduit et auquel il voulait consacrer le reste de sa
vie. Ce fut alors qu'il rédigea l'*Histoire de la glorieuse
Rentrée des Vaudois dans leurs vallées*, qui fut imprimée
en 1710, à Bâle selon les uns, à Cassel suivant les autres.
Cette relation, espèce de journal, est précieuse par sa cou-
leur simple et vraie aussi bien que par le nom de son au-
teur (1).

Jusqu'à la fin, Arnaud ne cessa de remplir à Schœnberg
ses pieuses fonctions. Ne sachant pas l'allemand, il se
trouva plus d'une fois embarrassé dans ses rapports avec la
population d'alentour, médiocrement bienveillante pour ces
nouveaux venus, dont elle prenait ombrage; mais le vénérable pasteur se reposait au milieu de ses compagnons
d'exil, qu'il allait chaque jour visiter et encourager dans
leurs travaux. « Dieu entend toutes les langues, » leur di-
sait-il souvent; « travaillez, prenez courage, ayez confiance
« en lui. »

C'est dans sa simple maison de Schœnberg qu'Arnaud ter-
mina, en 1721, sa carrière si bien et si glorieusement remplie. Dans l'humble temple de ce village, au pied de la table
de communion, en face de la chaire, on voit une pierre

(1) Il en a paru, en 1845, une nouvelle édition à Neuchâtel,
in-12 de 251 pages.

plate avec deux inscriptions latines déjà presque illisibles.
Voici la traduction de l'une qui est en prose :

« Sous cette pierre repose le vénérable et vaillant HENRI
« ARNAUD, pasteur des Vaudois du Piémont et aussi colonel. »

L'autre, en vers, est ainsi conçue :

« Ici tu vois les cendres d'Arnaud ; mais qui pourra jamais
« dépeindre ses hauts faits, ses travaux et son courage iné-
« branlable ? Seul, le fils de Jessé combat des milliers de
« Philistins ; seul, il triomphe de leur camp et de leur chef. »

Et plus bas :

« Il mourut le 8 septembre 1721, âgé de quatre-vingts
« ans. »

L'inventaire des biens d'Arnaud eut lieu le 29 janvier
1722. Sa succession fut bien minime, et pourtant il aurait
pu aisément s'enrichir, dans ses rapports avec les grands de
la terre. La reine Anne d'Angleterre lui avait fait une pension de 226 livres sterling ; mais il ne songeait pas à thésau-
riser.

Arnaud fut marié deux fois : à Marguerite Bastie, de La
Tour, et à Renée Rebondy. Sa seconde femme ne lui donna
pas d'enfants ; il en avait eu cinq de la première, trois fils et
deux filles, savoir : Scipion, après lui pasteur à Schœnberg,
puis à Grand-Villar ; Jean-Vincent, qui fut pasteur dans
les Vallées vaudoises, et Guillaume, qui, lors de la mort de
son père, étudiait le droit à Londres ; Marguerite, qui
épousa Joseph Rostan, à La Tour, et Elisabeth, mariée à
Philippe Kolb, percepteur de Bretten, lieu de naissance du
réformateur Mélanchton.

Tel fut Henri Arnaud, ce pasteur d'une église de bour-
gade auquel il fut donné de joindre, par une exception
rare, les vertus du ministre de la religion et les talents du
chef militaire ; qui possédait à la fois la capacité qui conçoit
et le bras qui exécute, et qui sut accomplir une des plus
merveilleuses entreprises offertes à l'étonnement de la pos-

térité. Si la gloire était toujours mesurée sur les titres réels, Arnaud aurait une bien belle place dans les annales d'un temps si riche en noms fameux. Combien d'illustrations douteuses et contestables à qui l'on a prodigué le marbre et l'airain, tandis que cet homme admirable attend encore une statue, ou même le plus simple monument!

Il nous reste à dire brièvement quel a été, jusqu'au moment actuel, le sort de ce peuple des Vallées vaudoises dont Arnaud fut le guide et le restaurateur.

L'expulsion de 1698 avait porté un coup sensible aux progrès de la renaissance des Vallées. Malgré les nouveaux services que rendirent les Vaudois dans la guerre de la succession d'Espagne, la cour de Turin n'entrait pas franchement dans la voie de la tolérance. Même depuis la paix de 1713, qui réunissait au Piémont le val de Pragela, les habitants de cette contrée ne pouvaient obtenir le libre exercice du culte paternel, et les trois Vallées vaudoises proprement dites sentaient toujours peser sur elles d'ombrageuses restrictions. Par exemple, les Vaudois n'avaient pas le droit d'acquérir et de posséder hors de leur territoire. Roi de Sardaigne depuis 1718, Victor-Amédée transmit à son successeur, avec la couronne, des dispositions personnellement favorables aux Vaudois, mais toujours gênées par l'influence du clergé. En 1740, le sénat de Turin publia une espèce de corps ou de résumé de la législation spéciale qui les concernait, et, du moins, leur position fut fixée. Dans la guerre de 1744, les Vaudois se signalèrent comme toujours, notamment au col de l'Assiette (juillet 1747), où le chevalier de Belle-Isle se fit tuer, avec l'élite de ses soldats, devant les imprenables retranchements des Piémontais.

Jusqu'aux dernières années du siècle dernier, l'histoire des Vallées ne présente plus de faits remarquables. Malgré les principes que proclamait la révolution française, et qui

devaient être sympathiques à un peuple si longtemps op-
primé, les Vaudois n'oublièrent pas, en ces circonstances,
leur fidélité de sujets. En 1789, un pasteur se permit, dans
un sermon, quelques allusions imprudentes : il fut frappé
par ses collègues d'une suspension de six mois. Lorsque la
guerre fut déclarée, en 1792, et que les Français envahirent
la Savoie, les milices vaudoises furent mises sur pied pour
défendre les passages de leurs montagnes : un officier
suisse, le général Gaudin, de Nyon, les commandait. En
vain les Français, invoquant le beau nom de liberté, les
invitèrent à faire cause commune avec eux et à leur livrer
les positions qu'ils gardaient : les Vaudois refusèrent
d'acheter leur affranchissement par une trahison. D'ailleurs,
les fils de tant de pieux martyrs ne pouvaient être les amis
d'un régime qui, par une autre intolérance, proscrivait tout
culte chrétien, protestant comme catholique.

La calomnie, cependant, ne fut pas désarmée. Tandis
que tous les hommes valides étaient campés sur la crête
des montagnes, non loin de Bobbi, un fanatisme sanguinaire, qui se gardait bien d'affronter les périls des combats,
complotait une nouvelle Saint-Barthélemy contre leurs familles sans défense. Réunis à Luserne, les conjurés, au
nombre de sept cents, devaient fondre sur les communes
vaudoises de Saint-Jean et de La Tour, dans la nuit du 14 au
15 mai 1793, et les mettre à feu et à sang. Révoltés de cet
abominable projet, des catholiques généreux, dom Brianza,
curé de Luserne, et le capitaine Odetti, de Cavour, s'em-
pressèrent d'en prévenir les victimes désignées. Le général
Gaudin fut averti en toute hâte, pour que les milices des
Vallées revinssent protéger leurs foyers. Doutant d'une
telle horreur, retenu à son poste, Gaudin hésitait. De nouveaux messages plus pressants encore confirmèrent le premier. Placé entre un tel intérêt et la loi militaire, au milieu
de ses soldats frémissants, qui demandaient à voler au se-

cours de leurs familles, le général enfin se décida. Les milices vaudoises descendirent comme l'avalanche, et les as-
sassins, prêts à frapper, s'enfuirent devant elles. La liste de
leurs noms, dressée par eux-mêmes, fut remise au second
fils du roi, le duc d'Aoste, qui commandait l'armée piémontaise et qui avait témoigné de l'intérêt aux Vaudois. Pourtant aucunes poursuites ne furent exercées contre ces bandes
de sicaires, et le général Gaudin fut destitué comme ayant
permis à ses troupes d'abandonner leur poste. — « Sire, »
répondit-il aux reproches du roi, « c'est le plus beau jour
« de ma vie, car j'ai empêché l'effusion du sang et n'ai point
« eu à en verser. »

Un autre officier suisse, le général Zimmermann, échappé
au massacre du 10 août, fut placé à la tête des milices des
Vallées. Catholique, il n'en plaida pas moins chaleureuse-
ment la cause de cette population si brave et si loyale. Pour
prix d'une fidélité doublement méritoire, Victor-Amédée III
ne donna que d'insignifiantes concessions et de vagues promesses.

Dans les événements qui suivirent, les Vallées eurent leur
part des vicissitudes politiques du Piémont. Comprises avec
lui dans la république cisalpine, que renversèrent bientôt
les victoires de Suwarow, elles virent les soldats des deux
partis fouler leur territoire. Le 3 juin 1799, trois cents malades ou blessés français, fuyant devant les Austro-Russes,
et se traînant avec peine, arrivèrent à Bobbi dans le dénûment le plus complet. Aussitôt le vénérable Emmanuel
Rostan, pasteur de cette commune, donne, pour les soulager,
tout ce qu'il possède, provisions, vin, quelques chemises,
que sa femme emploie à panser les blessés. Ce n'est pas
tout : ces infortunés étaient hors d'état d'aller plus loin, et
les coalisés approchaient. Le digne pasteur fait appel à ses
paroissiens, aux gens des environs, pour transporter à bras
les malheureux soldats français. A sa voix, les hommes de

2***

bonne volonté se présentent en foule; chargés de leurs fardeaux humains, ils gravissent les montagnes; par l'âpre col de la Croix, encore couvert de neige, ils arrivent, après dix heures de marche, au premier village de France, et ils y déposent les blessés et les malades. Ce beau trait, que des passions haineuses reprochèrent aux Vaudois, obtint de justes éloges dans un ordre du jour du général Suchet.

Sous la domination française, où les remit la bataille de Marengo, les Vallées jouirent de l'égalité civile et religieuse; mais elles payaient cet avantage en voyant la fleur de leurs enfants, enlevée par la conscription, aller mourir sur des champs de bataille lointains. Du reste, les descendants des compagnons d'Arnaud ne se démentirent pas dans les armées impériales, et le nom d'un des officiers qu'ils leur fournirent, le colonel Olivet, est resté populaire dans les chaumières vaudoises. Un de leurs pasteurs, M. Pierre Geymet, sous-préfet de Pignerol pendant treize ans, y a aussi laissé les meilleurs souvenirs.

La restauration de 1814 délivra les Vallées de ce cruel tribut de sang payé à l'étranger; mais la maison de Savoie, en recouvrant le Piémont, ne sut pas encore se délivrer des influences et des préjugés intolérants qui la dominaient. Victor-Emmanuel IV releva ou laissa relever autour des Vaudois de malheureuses et iniques barrières. Le vieux fanatisme luttait toujours contre les inclinations naturellement bonnes de ces princes, contre le cri de leur conscience et de leur justice. Quand la députation des Vallées se présenta pour complimenter Charles-Félix à son avénement, il refusa de la recevoir. — « Dites-leur, » répondit-il, « qu'il « ne leur manque qu'une chose : c'est d'être catholiques. »

D'un autre côté, dans cette ère de paix rendue à l'Europe, les fraternelles sympathies des pays réformés s'étendirent, comme autrefois, sur ces Eglises si intéressantes. Entre autres bienfaits, des dons abondants, auxquels s'associa gé-

néreusement l'empereur Alexandre, les dotèrent de deux
hôpitaux et de l'enseignement supérieur complet dans le
collége établi à La Tour. Les cantons suisses continuaient de
soutenir plusieurs étudiants vaudois dans les académies de
Genève et de Lausanne. Au premier rang de leurs bienfai-
teurs, les Vaudois n'oublieront jamais le colonel anglais
Beckwith et le noble comte de Waldbourg-Truchsess, ambassadeur de Prusse à Turin, qui, maintenant, repose au
milieu d'eux, conformément à ses dernières volontés.

C'était à Charles-Albert qu'était réservée la gloire d'un
affranchissement de plus en plus réclamé par le mouvement
des esprits. Les Vaudois lui durent beaucoup, dès le commencement de son règne : par exemple, le grade d'officier
dans les régiments piémontais cessa de leur être interdit.
La visite de ce prince aux Vallées, le 24 septembre 1844,
visite où il ne voulut d'autre garde que leurs milices, lui
valut les plus vifs témoignages d'attachement et de reconnaissance. En souvenir, il fit élever, sur la place de La Tour,
une fontaine sur laquelle on lit cette inscription, avec la
date commémorative : *Le roi Charles-Albert au peuple qui
l'a accueilli avec tant d'affection.*

Rapprochement remarquable : Charles-Albert s'était rendu
à La Tour pour assister, comme grand-maître de Saint-
Maurice et Saint-Lazare, à la dédicace d'une nouvelle église
élevée sous l'invocation de ces deux saints; et d'une céré-
monie catholique naquit ainsi cette cordiale et féconde communication entre le souverain et ses sujets protestants.

Mais ce n'était encore là que d'heureux préludes. A la fin
de 1847, une pétition en faveur de l'entière émancipation
des non-catholiques fut présentée au roi, sous les auspices
du marquis d'Azelio. D'éclatantes manifestations se succédaient dans le même sens. Le 8 février 1848, fut promulgué
le *Statut*, charte constitutionnelle des Etats sardes, et,
le 17 du même mois, un décret spécial vint le compléter.

Il mettait à néant tous les restes d'anciennes exceptions et proclamait, en un mot, pour les Vaudois, le droit commun civil et politique.

Ainsi, les Vaudois étaient enfin affranchis par la seule force des vraies lumières, par un acte libre et spontané de leur souverain, sans qu'il en coûtât rien à leur patriotisme et à leur fidélité. Cet édit à jamais mémorable excita des transports d'allégresse difficiles à peindre. Le 24 février, — remarquable coïncidence avec l'immense événement qui, ce même jour, s'accomplissait à Paris, — eut lieu, dans les Vallées, la fête publique en l'honneur de la charte nouvelle. L'enthousiasme qui s'y manifesta fut encore surpassé le lendemain 25, où l'on fêta spécialement le décret libérateur. Partout retentissaient des acclamations, des hymnes joyeux; partout, dans les bourgs, les maisons étaient illuminées, et des feux de joie brillaient au loin sur les montagnes. Les catholiques s'associèrent au bonheur de leurs compatriotes protestants, et à Saint-Jean l'illumination du presbytère fut une des plus brillantes. Le 28, à Turin, dans la grande fête nationale de la Constitution, où se réunirent les députations de toutes les provinces, celle des Vallées fut l'objet d'ovations unanimes. Les nouvelles de France étaient connues du gouvernement, mais non pas de la population : elles ne furent donc pour rien dans les élans du sentiment public. Quand on assigna, pour le grand défilé des bannières devant le roi, le rang de chacune, la place d'honneur fut donnée à celle des Vaudois. — « Ils ont été assez longtemps les der- « niers, » dirent les commissaires; « il est juste qu'aujour- « d'hui ils soient les premiers. » *Viva la fratellanza! viva la libertà! Vivent nos frères les Vaudois! vive la liberté de conscience!* criait-on avec ivresse. Les femmes, aux fenêtres, agitaient des mouchoirs et jetaient des fleurs. Des prêtres même, sortant de la foule, venaient embrasser les députés, que de nombreuses maisons particulières se disputèrent le plaisir de loger. Après tant de persécutions et de malheurs, les jours de la réparation étaient venus. Les Vaudois s'émerveillaient et bénissaient la main de la Providence, en se voyant ainsi fêtés, ainsi comblés d'honneurs, dans cette même ville d'où étaient partis tant d'édits proscripteurs, et dans laquelle leur culte se célèbre aujourd'hui à la face du soleil.

A Carlo-Alberto i Valdesi riconoscenti. « A Charles-Albert les Vaudois reconnaissants » : telle était la devise du magnifique étendart de velours aux armes royales que portait la députation des Vallées, dans cette mémorable fête du 28 février. Cette bannière fut offerte au roi, qui en remercia les Vaudois, par l'intermédiaire du marquis d'Azelio, dans une lettre datée du même jour. La *reconnaissance* des Vaudois n'était pas une formule vaine; nulle part les malheurs de Charles-Albert n'ont été plus profondément ressentis que dans cette population, affranchie par sa main généreuse; nulle part son souvenir n'est plus précieusement conservé. Son fils et successeur Charles-Emmanuel V tiendra toujours à honneur de continuer une si belle et si pure gloire du règne paternel.

L'Eglise vaudoise de Turin ne saurait manquer de s'accroître et d'exercer une grande influence sur l'avenir religieux et moral de l'Italie. Elle se trouve naturellement à la tête du mouvement évangélique italien, en attendant que le principe de liberté ait pareillement triomphé dans les autres Etats.

L'exemple des Vaudois, l'esprit de sagesse uni, chez eux, à la civilisation, à l'instruction, aux lumières, sont un frappant témoignage que la calomnie et l'erreur peuvent seules confondre les doctrines subversives et celles du protestantisme, et les frapper d'un anathème commun. Nulle part, chez ce peuple qui avait tant souffert, aucune idée de réaction, de vengeance, ne s'est mêlée à son changement de fortune : sa joie s'est montrée digne de la sainte cause qui triomphait avec lui.

Le recensement de 1839 donnait, pour les trois Vallées, un chiffre de 24,883 habitants, dont 20,394 protestants et 4,589 catholiques. Sous ce rapport, les ravages de la persécution étaient donc réparés complétement. D'après un tableau publié en mai 1849, le nombre des protestants était alors de 20,650 , augmentation peu sensible; mais on ne doit pas perdre de vue que l'émancipation permet maintenant aux Vaudois de posséder, d'établir leur industrie hors de l'étroit territoire où des lois exceptionnelles les tenaient refoulés et parqués. Désormais, grâce au régime de liberté, toutes les sphères d'activité sont ouvertes à cette population, si riche de ressources morales, et qui a, parmi les nations de l'Europe, un droit d'aînesse éternellement glorieux. Bien petite par le nombre, cette peuplade des Alpes est à jamais bien grande par son histoire.

FIN.

TABLE DES MATIÈRES.